GESCHICHTE VON NICHTS

PETER GLASER

Geschichte von Nichts

Erzählungen

Kiepenheuer & Witsch

1. Auflage 2003

Umschlaggestaltung: Philipp Starke, Hamburg
Umschlagfoto: © www.danielblaufuks.com
Gesetzt aus der Sabon
Satz: Greiner & Reichel, Köln
Druck und Bindearbeiten: GGP Media, Pößneck
ISBN 3-462-03310-7

Für Sisa

Madame, alle Geschichten enden, wenn man
sie weit genug verfolgt, mit dem Tod, und der ist kein
echter Geschichtenerzähler, der Ihnen das vorenthält.
Besonders enden alle Geschichten über Monogamie
mit dem Tod, und der Mann, der monogam ist, stirbt,
während er äußerst glücklich gelebt hat, auf die aller-
einsamste Art. Es gibt bis auf den Selbstmörder keinen
einsameren Mann im Tod als den Mann, der viele Jahre
mit einer guten Frau gelebt hat. Wenn zwei Menschen
einander lieben, kann es kein glückliches Ende geben.

Ernest Hemingway

GESCHICHTE VON NICHTS

I. Süden

ICH WACHTE VON meinem eigenen Lachen auf und konnte damit eine ganze Weile nicht aufhören, obwohl ich vom ersten Augenblick an nicht mehr wusste, weshalb ich lache.

Henri sagte, er sei einmal blutend aufgewacht, aber das Schlimmste seien Träume, in denen man sich langweilt. Vor dem offenen Fenster leuchtete Kairo. Es war vier Uhr früh.

Im Vorbeigehen zog ich ohne nachzudenken an der Schublade des alten Holztischs. Sie ging einfach auf. Den ganzen Sommer über klemmt sie. Es hat damit zu tun, wie die Sonne steht und das Holz wärmt. Mit dem Tag, an dem die Schublade sich das erste Mal ganz einfach öffnen lässt, erklärt Tante Nelly gewöhnlich den Sommer für beendet. Wir hatten den zehnten September.

Henri, der jüngere Bruder von Stella, hat mir zu dem Job hier verholfen. Ich hätte mir die Reise nicht leisten können, und ich brauche das Geld. Ich brauche es für Stella. Geld gehört sich nicht; über einiges reden wir nicht. Aber ich weiß, dass sie es braucht.

Und ich habe mich darauf gefreut, Tante Nelly wiederzusehen. Sie lebt seit langem hier. Erst waren sie in London, Onkel Leonard ist ein Engländer, dann gab es in Kairo zu tun. Ich war schon als Kind gern zu Besuch, inzwischen kenne ich die Stadt und ein paar Leute, so kann ich dem Mann, für den Henri die Technik macht, helfen.

Aber Tante Nelly ist verschwunden. Als Wahid uns in die Wohnung brachte und mir sagte, dass die Tante weg ist, ließ er eine Knospe aus Fingern aufblühen und wog eine große Sorge in seiner Hand.

Onkel Leonard ist vor zwei Monaten gestorben, er war fast neunzig, und in der Schublade lag sein Rasierapparat. Ich nahm die Scherfolie ab und sah zwischen den Klingen wie Salz und Pfeffer das Haarmehl seiner letzten Rasur. Ich klopfte den Scherkopf beiläufig aus und rasierte mich mit dem Apparat, eine letzte Nähe.

Kairo ist ein Triumph über die Stille. Es war das einzige Mal, dass Wahid keine Antwort wusste, als ich ihn fragte, wo ich einen ruhigen Platz in der Stadt finden könne. Mit dem Lieferverkehr erheben sich aus dem Reifenraunen der Nacht die Geräusche einer Art Güterdämmerung. Vor dem Haus fuhr eine Straßenbahn an wie ein Rasenmäher, den jemand durch Eisendrehspäne schiebt.

Ich hatte ihn geweckt, nun schälte ich eine Orange für Henri. Die Säure sprühte aus den Schalen, und die Schatten der Hitze, die aus den Lüftungsschlitzen des Toasters stieg, flossen wie winziger Autoverkehr eilig über die Tischplatte.

Henri ist ein Junge mit vielen Talenten, einer Frisur, die aussieht wie eine aus Kirschholz geschnitzte brennende

Benzinpfütze, und einer kleinen Narbe unter dem rechten Auge. Er arbeitet unter anderem als Killer. Wer als Einsteiger bei einem Online-Spiel sein Glück versucht, wird in der ersten Zeit chancenlos von versierten Kämpfern weggeblasen. Wen das stört, der kann jemanden wie Henri mieten. Man bezahlt echtes Geld und bekommt virtuell den Weg freigeschossen. Wenn Henri spielt, bewegen seine Hände sich wie Starkstrom auf nassem Metall. Die Narbe stammte von einem Weggeblasenen, dem er auf einem Spielertreffen begegnet war und dessen Affektbezähmung nachgegeben hatte.

Um die Ottomane, auf der ich schlief, hatte ich Bücher verteilt. Alle waren aufgeschlagen, aber in den vier Tagen seit unserer Ankunft aus Hamburg hatte meine mitgebrachte Fernbedienungsflatterigkeit sich gelegt.

Als ich Stella vor zwei Jahren kennen gelernt habe, hat sie mir ihre Lieblingsstelle im Großen Gatsby erzählt. Jay Gatsby sitzt in einem Auto und weint, weil er weiß, dass er nie wieder in seinem Leben so glücklich sein wird wie in diesem Moment. Als Stella mir das erzählte, war ich sehr glücklich mit ihr, aber nicht bereit, uns die Chance auf ein noch größeres Glücklichsein zu nehmen.

Nun las ich das Buch endlich. Während Henri seinen Toast aß, las ich den Großen Gatsby zu Ende, und was sich bereits abgezeichnet hatte, wurde zur Gewissheit. Die wunderbare Stelle, von der Stella erzählt hat, gibt es in dem Buch gar nicht, auch keine ähnliche.

WAHID BRACHTE UNS zu einem Goldschmied, dem ich erklärte, was ich brauche: aus Gold und Platin doubliert eine Einfassung für eine Südseeperle, einer japanischen Dame zugedacht. Ich musste alles Ziselieren untersagen und um klarste Eleganz bitten.

Wir hatten eine Thermoskanne mitgebracht und boten dem Goldschmied Tee an, und aus einer Pappschachtel Würfel aus kandierten Mandarinen. Der Schmied schickte einen Jungen, der uns Teller mit schwarzen Bohnen und Zwiebeln brachte, die von Öl glänzten.

Dann kamen, noch im Dunklen, die Glutverkäufer, von denen die Schmiede gute, fertige Glut kaufen können. Wir sahen, wie die aschebedeckten Männer einen der großen Töpfe von ihrer Karre hoben und die Glut aus ihrem Aschenest in die Esse rollte, und ich sah, wie der ganze Raum erglühte, als der Blasebalg anging.

»Ich geh mal beten«, sagte Wahid. Er ist ein frommer Mann. Von den vielen Malen, die sie schon den Boden berührt hat, war auf seiner Stirn eine verhornte Stelle zu sehen, die Rosine.

Als Onkel Leonard noch als Bauleiter gearbeitet hatte, war Wahid auf einer Großbaustelle der Junge gewesen, der fürs Teekochen zuständig war. Nirgendwo war eine Uhr, und er fing viel zu früh an, Teewasser aufzusetzen, und die Arbeiter fingen viel zu früh an, Pause zu machen. Also besorgte Onkel Leonard einen großen, blauen Küchenwecker und hängte ihn Wahid um.

Zu der Zeit war gerade die Mode im Ausklang, kleine Hunde zu halten, und eine weitere Aufgabe Wahids bestand darin, für einen der Arbeiter, dessen Frau das Interesse verloren hatte, eine läufige, kleine Hündin zu hüten. Um den streunenden Rüden die Lust zu nehmen, sprühte er orangen Signallack auf ihr Fell, und als ein paar Inspektoren der leitenden Schweizer Baufirma anreisten, war das Erste, was sie sahen, ein großer, freundlicher Junge, der mit einem blauen Küchenwecker vor der Brust und einem orange lackierten Pudel neben einem Feuer stand.

Der Schmied schweißte an dem Stück, und die Kohle glühte manchmal so hell, dass man keine Form mehr erkennen konnte, nur noch das heiße Leuchten und das Werkstück darin wie ein Schatten.

Als Wahid wiederkam, spielten wir ein altes Spiel, das so geht: Ich versuche ihm zu erklären, was Punk ist, und er versucht mir zu erklären, was arabische Musik ist. Wahid mochte das Kämpferische, aber er verachtete die Verachtung.

Er erzählte von den Vier Tischbeinen der arabischen Musik, von Umm Kulthoum, der großen Sängerin, die jahrzehntelang an jedem ersten Donnerstag im Monat ein neues Lied schuf, und Politiker hörten auf, donnerstags Reden zu halten, und als sie starb, wurde ihr Sarg von den Massen stundenlang in die Straßen von Kairo entführt, ein Boot auf einem Ozean aus Menschen, und Wahid erzählte von den drei anderen großen Sängern. Dann fiel Henri auf, dass alle Vier Tischbeine der arabischen Musik schon tot sind, und Wahid sagte finster, »Die Israelis sind schuld.« Das Spiel war vorbei.

Ich wusste, dass Stella um diese Zeit zur Arbeit unterwegs war. Sie ist Krankenschwester auf einer Intensivstation. Ich schickte ihr als Kurznachricht zwei Leerzeichen. Nach einer Weile kamen drei Leerzeichen als Antwort, und ich fand, dass sie etwas für mich übrig hat. Dann sah ich, dass der Schmied bereits ein neues Stück abzuschroten begann, und wir fuhren hinüber nach Giseh und auf das Pyramidenfeld.

HENRI SCHAUTE IN die Wüste. So viel Strand und kein Meer, sagte er. Eine österreichische Reisegruppe ging vorbei, und jemand fragte mich etwas. Ich sagte in sehr schlechtem Englisch, es tue mir Leid, ich sei Finne und mir sei nicht kalt genug.

Herr Shirakawa hatte wieder einmal ein kleines Wunder zuwege gebracht. Wir hatten die Geräte und die Genehmigungen. Das Unternehmen, für das Shirakawa arbeitet, bemüht sich seit langem darum, ein Atomkraftwerk in Ägypten zu bauen, und ich wusste, dass er sich über jede Gelegenheit freuen würde, die fantastische Technik zu demonstrieren, über die sie verfügten. Er hatte eine mikrogravimetrische Apparatur heranschaffen lassen, mit der die Steine durchmessen werden sollten.

Ich hatte dabei geholfen, dass jemand aus dem Tourismusministerium sich mit jemandem aus der Altertümerverwaltung darüber verständigte, dass der Fremdenverkehr sich seit den letzten Anschlägen noch nicht wieder richtig erholt hatte und eine unentdeckte Grabkammer von der internationalen Presse zweifellos mit freundlichem Interesse wahrgenommen würde.

Der Mann, der Henri und mich bezahlte, hatte vor, das Geheimnis der Pyramiden zu lüften. Er hieß Metz, war auch aus Hamburg und ein Spinner. Er stand mit Shirakawa neben den Kisten mit der Schwerkraftwaage. Eine rosa Plastiktüte tanzte die Große Pyramide hoch.

»Ich glaube, wir haben alles«, sagte ich. Metz gab mir die Hand, die gleich wieder verschwand, wie eine Flüssigkeit. Er rührte mich, aber es war etwas an ihm, das es schwierig machte. Er erzählte etwas über seine Theorie, und es war, als ob einem jemand Geld gibt und man sagt nichts und er gibt einem mehr Geld, furchtbar.

Ich erkannte sofort den Dilettanten, einer wie ich. Seine Hypothesen waren haarsträubend, aber sorgsam gearbeitet, und ich wurde von einem sonderbar hypnotischen Behagen erfasst. Ich spürte das Bedürfnis, diesen Menschen und sein Gebilde, so sacht und wie aus Ascheflocken gebaut, zu beschützen. Ein Touristenbus mit der Aufschrift *Christen Transporte* hielt. Unten in der Ebene brannten abgeerntete Zuckerrohrfelder.

Gegen Mittag kam Wahid aus der Stadt. Er hatte in Erfahrung gebracht, dass Tante Nelly mit dem alten Caravan abgereist war. Eine vierundachtzigjährige Tante und ein Hänger. Tante Nelly hat keinen Führerschein und kein Auto. Sie hatte herumgefragt, und der Bevollmächtigte einer Firma für Haarteile hatte sie und den kleinen Wohnwagen mit nach Alexandria genommen und ihr auf die

Fähre nach Athen geholfen. Wahid schüttelte den Kopf, so leicht, dass man es nur fühlte, und dieser zarte Ausdruck der Verzweiflung brachte die Entscheidung.

Ich ging mit Shirakawa an der Sphinx vorbei zu einem der alten Steinbrüche. Ein Stück vor uns war ein hohes Gerüst an den Felsen gebaut. Ein Mann am Fuß des Gerüsts hob aus der steilen Geröllhalde einen Stein von der Größe einer Wassermelone in eine Schubkarre und schob sie hoch bis vor das Gerüst. Ein Mann aus der zweiten Etage ließ an einer Rolle ein Seil herunter, das, je länger es wurde, immer träger baumelte, und am Ende des Seils hing wie ein großes, totes Fragezeichen ein dicker Stahlhaken. Der Mann umgurtete die Schubkarre mit zwei Seilstücken und hakte sie ein, und dann zogen zwei Männer die Schubkarre mit dem Stein darin hoch und schwenkten sie auf die Bretter. Einer fuhr ein paar Meter damit, und die Bretter unter dem Karrenrad schlugen hölzerne Wellen. Der andere kletterte zu einem weiteren Mann auf die nächste Gerüstetage. Die Schubkarre wurde ein weiteres Mal hochgezogen und war nun auf der höchsten Bretterbahn. Ein Mann fuhr mit dem Stein bis an das Ende des Gerüsts. Dann kippte er ihn in die Halde. Der Stein rollte mit dumpfen Aufschlägen abwärts, bis er ungefähr dort zu liegen kam, wo der Mann am Fuß des Gerüsts ihn aufgenommen hatte.

Wir beobachteten das Teamwork, und ich gab Shirakawa die Schachtel mit der Perlenbrosche, Empfehlung an die Frau Gemahlin, so wirkte es am ehesten wie ein Geschenk. Ich brauche nochmal Ihre Hilfe, sagte ich, es ist dringend. Shirakawa freute sich, da ich nun wieder in seiner Schuld stehen würde.

Zurück in die Stadt fuhr ich mit Wahid an der Universität vorbei. Vor dem Eingang liegt auf einem Sockel eine große, steinerne Sphinx, und neben ihr steht eine Frau, die gerade den Schleier von ihrem Gesicht nimmt. Als wir diesmal vorbeifuhren, sprang die Plastik um wie ein Vexierbild, eine Frau, die gerade den Schleier vor ihr Gesicht hebt.

ABEER – EINE NICHTE von Wahid, die als Travel Agent arbeitet – schaffte es, mir noch einen der Reserveplätze in der letzten Maschine nach Athen zu besorgen. Henri borgte mir Geld, da Metz offenbar knapp bei Kasse war und er mich an ihn empfohlen hatte. Abeer brachte mit einem Kollegen ein paar Kanadier in einem Kleinbus zum Flughafen, ich konnte mitfahren. Man resümierte, Superlative fielen wie Laub. Ich sprach mit Abeer arabisch.

»Klingt eigenartig«, sagte einer der Kanadier anerkennend.

»Araber sprechen von rechts nach links«, sagte ich.

Abeer ist zweiundzwanzig, und sie lebt mit ihren Eltern, zwei Brüdern und einem Onkel aus dem Delta in einer kleinen Dreizimmerwohnung. Neulich sollte sie auf einem Schiff einspringen. Das hieß: Sie würde die Nacht nicht zu Hause verbringen können, ein Unding für eine unverheiratete Ägypterin. Ihr Job ernährt die halbe Sippe, nach langem Hin und Her stimmte der Familienrat zu. Als ein Steward sie auf dem Schiff in ihre Kabine brachte und sie die Tür zumachte, war sie das erste Mal in ihrem Leben allein in einem Zimmer.

Das nächtliche Athen aus der Luft ist ein gewaltiger, glitzernder Tiefseeorganismus. Fahrzeuge fließen durch Lichtadern.

Während des Landeanflugs hielt ich einen leeren Plastikbecher. Als das Flugzeug auf das Terminal zurollte, prasselte das Klicken der Gurtschnallen wie ein Hagelschauer durch die Sitzreihen. Um jeden meiner Fingerabdrücke auf dem Becher lag eine Aura aus Feuchtigkeit. Wir fuhren in einem Bus neben der Landebahn, und ich sah, wie mit der erstaunlichen Geschwindigkeit von Meeresschildkröten, die ihre Eier ablegen, die Lichter der jeweils nächsten Maschine niederkamen.

HERRN UND FRAU Pantidis, an die er mich empfahl, hatte Shirakawa kennen gelernt, während er in den achtziger Jahren einmal die Woche von Kairo nach Athen geflogen war, um zu telefonieren. Damals konnte bereits der Versuch, jemanden innerhalb Kairos telefonisch zu erreichen, einen ganzen Nachmittag in Anspruch nehmen. Heute wirbt die größte Leuchtreklame über Kairo für MobilNil, und Shirakawa fliegt immer noch gelegentlich nach Athen, um die alte Freundschaft zu pflegen und mit Pantidis, der mit Notstromaggregaten handelt, Geschäfte zu machen.

Die Pantidis' wohnten in Piräus, und ich bekam Essen und Wein und ein frisches Bett. Um fünf Uhr früh führte mich Frau Pantidis auf ausgewählten Umwegen zu den Quais, an denen die Fähren anlegen, und ich lernte ein Netzwerk aus alten Damen kennen, das darin verbunden war, die streunenden Katzen von Piräus mit Futter und Liebe zu versorgen und die menschliche Umgebung gewissenhafter als jeder Geheimdienst zu beobachten.

Als es hell wurde, kamen wir an der Nordseite der Mole an eine kleine Mauer, auf der eine Galerie alter Männer saß. Einer von ihnen ertrank fast in seinem Fett, und in seinen Augen glomm die Angst des Schiffbrüchigen. Er saß breitbeinig da, aber nicht selbstbewusst, sondern weil ihn das eigene Fleisch auseinander trieb, und eine alte Frau in einer grünen Jacke wies ihn ganz offensichtlich auf eine Reihe von Nachteilen hin, die solcher Nachlässigkeit folgen. Die Frau hatte vor zwei Tagen mit Tante Nelly gesprochen.

Sie war mit der Tante über einen der Hafenarbeiter ins Gespräch gekommen. Er hatte damit gedroht, die Katzen zu vergiften, weil sie sich auf sein Auto setzten, und sie hatte ihm eine Plane für sein Auto genäht. Tante Nelly sagte, sie wolle auf den Peloponnes und nach Patras. Ich nahm den Bus.

Während der Fahrer in einem Dorf seine Mittagspause machte, ging ich an einer Wand von Feuerdorn vorbei in üppige Kissen heller, wilder Zyklamen und sah auf das Meer von Korinth und einen großen Lichtschauer darauf.

Am Nachmittag rief Henri an und sagte, das Welthandelszentrum in New York sei eingestürzt. In Patras tauchten überall, in den Hotels, am Hafen, an den Schiffen, wie Türen, durch die man in eine andere Dimension tritt, die tiefen Rahmen von Sicherheitsschleusen auf.

Auf der Überfahrt nach Italien sah ich, dass an einer wie von Hand gezogenen Linie das dunkelblaue Wasser der Ägäis übergeht in das grüne Wasser der Adria, und manchmal war mir, als könne ich am Geschmack der Gischt die Tiefe des Wassers wahrnehmen.

IN ITALIEN FRAGTE ich an Tankstellen nach meiner Tante. An einer Raststätte schaute ich auf das Land und sah das Grün und dachte, für Stella könnte ich da mehr herausholen als nur ein Grün. So schrieb ich einen Brief.

»Da ist das Weinlaub. Das Grün der Blätter ist matt wie Papier und dunkel. In der Wand aus Ranken und Blättern ist eine grüne Düsternis verstreut, und in kleinen Hohlräumen liegt das unsichtbare Licht, das die Gesichter auf den Gemälden von Vermeer und Rembrandt beleuchtet, von warm schimmernden Weinblättern umfasst. Im Gras sammelt sich ein taufeiner Glanz auf dem Grün, so wie jetzt, wenn der Himmel hell ist. Da ist das Dunkelgrün der Kirschbaumblätter, mit einem Schwarz darin, das man fühlen kann und im Sommer in den Früchten essen konnte, aber man kann es nicht sehen, nur das Grün. Da ist das Allerweltsgrün der Nussbäume. Aus einer Krone ragen Blätter wie Vögel, die sich aus dem Blattgefieder erheben wollen, aber sie werden fallen. Das Grün überflutet alle Grundstücksgrenzen. Es gibt uns die Weite zurück. Das ist ein Blumenstrauß, Stella. Das Grünzeug von mir, und die Farbe, das Schöne bist du.«

Es begann zu regnen, dann stieg ein Rauschen aus dem Grün. An den Hauswänden und auf dem Asfalt zischte es leise. Auf den Pfützen öffneten sich sanft Tropfenringe, und es berührte mich.

Dann ließ der Regen nach; es knisterte auf einem Vordach, wie wenn sich zusammengeknüllte Plastiktüten wieder ausdehnen. Während es unter großen Bäumen erst immer noch eine Weile trocken bleibt, ehe die Tropfenmassen durch das Laublabyrinth herabgefunden haben, regnet es, wenn der Regen im Großen bereits aufgehört hat, darunter noch eine Weile im Kleinen weiter.

Einmal fragte ich dann sogar auf einer Autobahnpolizeiwache. Bei Rimini gab ich auf. Ich hatte Tante Nelly verloren und gerade noch genug Geld für eine Zugkarte und einen Regenschirm.

II. Norden

IN DER HALLE des Hamburger Hauptbahnhofs kam ich spätabends an, auf einer Plakatwand am Bahnsteig ein Glas Marmelade in einer Größe, die einem keine Chance lässt. Ein Stück weiter stand eine Frau, die aussah, als hätten ihre Kleider sie gekauft und nicht umgekehrt. Sie hielt mit einer Hand ihre Schulter fest.

Ich ging hinüber auf den unbeleuchteten Weg am Alsterufer.

»Politisier mich, los!«, schrie jemand hinter mir. Dann spürte ich einen harten, wie von einer Maschine ausgeführten Schlag auf dem Kopf. In Hamburg einen Regenschirm zu tragen, ist eigentlich Defätismus; vielleicht ging man deswegen auf mich los. Ich ließ meine Reisetasche fallen und spannte den Schirm auf und hielt ihn zwischen mich und einen Mann, der den linken Arm in Gips hatte, mit einem schwarzen Streifen darauf. Ein zweiter Mann und eine Frau standen ein Stück entfernt, dann war der Schirm kaputt.

»Welche Maßnahmen planen Sie zur Eindämmung des Konflikts im Nahen Osten?«

Ich kletterte auf ein Verkehrszeichen und trat nach unten. Ich wollte das alles nicht. Ich war weit gefahren. Aber man hält auf einem Verkehrszeichen nicht lange durch. Ich spürte erneut die meteorische Gipswucht, dann gab es ein vollkommenes Durcheinander, und dann war nur noch die Frau da.

»Bist du das?«

»Hallo Stella«, sagte ich.

»Gar nicht gesehen, dass du das bist«, sagte Stella.

»Waren das Freunde von dir?«

»Jemand«, sagte Stella. Sie war ein wenig betrunken.

Es war dunkel und nass, obwohl es nicht regnete, und als wir auf dem Radweg an die Straßenbeleuchtung kamen, sah ich, dass ich eine breite Krawatte aus Blut trug.

Zu Hause merkte ich, dass nicht ich geblutet hatte. Ich war aufgebracht über den unerwünschten Sieg. Stella rieb Creme in ihre Handflächen, und ich sah eine Spiegelung davon am Hals einer Glasflasche, ein Flammenzüngeln. Dann sah ich sie nackt. In der Liebe ist sie direkt wie ein Messerstich. Ihr Atem, jede Regung spricht zu mir, ich antworte. Etwas beginnt, mit einem weichen Geräusch, als wenn der Rücken eines neuen Buchs behutsam gebrochen würde. Sei schamlos und schön für mich.

Ozeanschmiegsamt.

Sind wir das, oder Tiere im Kampf?

Behagen in der Kiste. Kinder unterm Küchentisch, Katzen im Karton. Ich hätte gern einen Film von Jacques Tati gesehen, den ich noch nicht kenne, aber ich kenne sie alle, und Tati ist tot. Stella erzählte von einem Altersheim für Tiere, in dem ein pensioniertes Schwein lebt, das glaubt, ein Pferd zu sein. Es läuft mit den alten Gäulen in der Koppel und ist eins von ihnen. Meine Oberlippe war angeschwollen.

»Da ist irgendwas«, sagte Stella.

»Da isch überall etwasch«, sagte ich und ließ meine Oberlippe los. »Das ist das Schöne an der Realität. Stell dir vor, an einer Stelle wäre nichts. Du hättest sofort die Wohnung voller Philosophen.«

Später saßen wir in der Küche, und eine Kürbishälfte lag auf einem großen Teller. Nachdem sie umgedreht war, schieden sich die Geister. Stella fand, dass die Rückseite aussehe wie toter Fisch, ich: wie ein Lebkuchen mit weißem Zuckerguss. Wir begannen spielerisch zu streiten, dann ernster. Man darf Kristallglas nicht zum Klingen bringen, weil es die Schwingungen in seiner Struktur speichert. Noch Monate später kann das ganze Gebilde durch einen leichten Stoß zerbrechen.

DA HENRI LÄNGER in Ägypten blieb, sollte ich ihn hier vertreten. Es war Humorarbeit zu leisten. Ich brauche das Geld; ich brauche es für Stella. Geld gehört sich nicht, aber es ist ein Unterschied, ob man etwas macht oder ob man etwas für jemanden macht.

Wir schrieben Drehbücher fürs Fernsehen, Comedy. Henri hatte mir in Kairo, während wir mit Wahid in einem Stau standen, beigebracht, wie das geht.

»Was will der Mensch?«, sagte Henri. »Er will einen

glücklichen Tag. Was ist ein glücklicher Tag? Ein Tag, an dem nichts passiert. Also denkst du dir etwas aus, das passiert.«

Das Nichts ist das Glück; man bezahlte uns, es zu stören. Die Nachbarn sollten aber nicht wissen, was wir tun, eigentlich niemand, es hätte keinen guten Eindruck gemacht, nicht zu dieser Zeit. Es gab wohl einen unaufschiebbaren Termin, deshalb akzeptierte die Firma auch, dass ich für Henri einsprang.

Wir waren zu acht, immer zwei in einem Team. Einer von uns hatte sich den Knöchel gebrochen, und als wir ihn wie jeden Tag die drei Stockwerke in die Firma hochtrugen, fragte jemand aus seiner Tür heraus, was wir machen.

»Wir machen Witze«, sagte Roland. Er und ich sind ein Team.

»Sie sollten keine solchen Witze machen«, sagte der Mann an der Tür.

»Er findet das doch auch komisch«, sagte ich und wies auf den von uns, der getragen wurde. Er hatte Schmerzen und fand es nicht komisch. Ich war das eingeblendete Gelächter. Es funktioniert auch, wenn, wie zumeist, was gesagt wird gar nicht komisch ist.

An dem Tag rief Stella mich an und sagte, dass sie meine Tante gefunden habe, sie liege im Krankenhaus, es gehe ihr einigermaßen. Nach der Arbeit fuhr ich hin.

»Ich wollte nach Hause«, sagte Tante Nelly.

Sie war sehr schwach. Ihre Haut war weiß und fast

durchsichtig, und das Fleisch darunter schwand. Sie hatte mir einmal erzählt, dass sie als Kind eine Zeit lang in Hamburg gelebt habe und dass es eine schöne Zeit gewesen sei.

Sie hat mir viel erzählt. An einem der Fenster in der Wohnung in Kairo gibt es ein Fensterbrett aus hellem Holz, in das sie im Lauf der Jahre eine dunkle, seidige Mulde hineingelehnt hat. Als Kind konnte ich nicht verstehen, wie jemand an einem Fenster lehnen und auf eine Straße sehen kann, auf der es nichts zu sehen gibt als eine Straße und Leute. Dann zeigte Tante Nelly mir, was es zu sehen gibt, und die offenen Augen gingen mir auf.

Es war ein ruhiges, kleines Krankenzimmer, und ich sah, dass nur ihr Bett in dem Zimmer stand und dass keine Medikamente auf dem Nachttisch waren. Stella kam mit einem jungen Arzt, der den linken Arm in Gips hatte, mit einem schwarzen Streifen darauf.

»Sie ist sehr alt«, sagte der junge Arzt, und wir gingen langsam den Flur vor dem Zimmer entlang. Ich spürte, dass er eigentlich sehr schnell gehen wollte, weil er dringend gebraucht wurde, und wie freundlich es war, dass er so langsam mit mir diesen Flur entlangging.

DAS ZIMMER, in dem Roland und ich arbeiteten, war ein wenig größer als eine Zwangsjacke. Auf dem Tisch lag eine Mappe, auf der »Weinkarte« stand. Sie enthielt Zeitungsauschnitte, in denen jemand weint. »Der Himmel weint«, »Mutter weint um ihre Kinder«.

Wir saßen gemeinsam vor einem Rechner. Roland sagte, dass es ein wunderbares Gefühl ist, wenn die Maus sauber gemacht ist und wieder läuft wie neu. Ein Anschein von Licht lag auf dem Bildschirm, darin schwamm der Mauspfeil, am Rand von nichts.

Die Lage: Pärchen in einer Wohnung, Fernseher läuft.

»Er muss jetzt etwas sagen«, sagte Roland.

»Das Universum ist wie Liz Taylor«, sagte ich. »Es ist unergründlich, und es dehnt sich aus.«

Roland nickte und schrieb das auf. Er war Engländer, Mitte fünfzig, und ein feines Haus. Er machte diese Arbeit seit über zwanzig Jahren.

Als der Boss das Skript las, fragte er: »Wer ist Liz Taylor?«

»Kann man das Universum retten?«, fragte Roland.

»Liz Taylor ist alt, alt, alt. Die Zielgruppe geht bis vierzig.«

Ich stellte mir dann vor, dass man vielleicht statt Gelächter auch ein weinendes Publikum einblenden könnte. Aber mit traurigen Menschen ist es wie mit Königen. Wenn zu viele davon an einem Ort sind, verliert sich die Majestät.

AM TAG arbeitete ich, die Nächte verbrachte ich auf einem Stuhl an Tante Nellys Bett. Von dem schmalen Fenster in dem Zimmer aus konnte ich auf einer schwarzen Wiese rotweiße Stiele mit leuchtend blauem Kopf sehen, Positionslichter des Hubschrauberlandeplatzes. Ich las den

Großen Gatsby nochmal, vielleicht hatte ich etwas übersehen.

Ab und zu kam Stella. Wir lehnten aneinander wie Spielkarten, nimmt man eine weg, fällt die andere. Dinge, für die es keine Lösung gibt, sagte sie einmal, sind keine Probleme.

In einer Nacht im Oktober träumte mir. Sortierschutzverein. Strahlungsarm und schwenkarm. Einzelgängerische Mikrowelle, Mikrowellenherde. Weshalb gibt es keine Noteingänge? Eine Schwester weckte mich, der junge Arzt stand neben dem Bett. Tante Nelly war tot.

DAS KREMATORIUM war eine Halle aus hellem, sauberem Beton, in der zwei Verbrennungsöfen standen. Sie waren rosa, und vor einem lag auf dem Boden der Sarg mit Tante Nellys Leichnam. Dann sah ich die gelben, kräftigen Flammen im Inneren des Ofens, und dann erschrak ich, als sich in einer insektenhaft schnellen, robotischen Bewegung unter dem Sarg zwei Schienen aus dem Betonboden hoben und ihn in den Ofen hievten. Sie versanken wieder, und die Ofentür schloss sich, und nach kurzer Zeit roch ich den warmen Duft von brennendem Holz, eine letzte Nähe.

Als ich zur Straße ging, sah ich einen Strauch. Er wurde von einer Bö nach einer Seite gedrückt und seine Blätter schütterten, und in der folgenden Windstille schnellten die Zweige, als habe sich den Sommer über eine Elastizität in ihnen angesammelt, die sich nun verschwenden konnte, in einem Bogen in ihren ruhigen Wuchs zurück, und ich sah dieses Zurückschnellen durch die Vorstellung einer graziösen Handbewegung hindurch: Jemandem wird der Weg freigegeben.

In der Entfernung brüllte ein Motorrad, und gegenüber vor einem Autohaus klirrten die Stahlseile der Reklameflaggen gegen die Zinkmasten. Eine Frau ging unter alten Kastanien, und Licht und Laubdunkel flossen über ihre Kleider, als stehe sie unter einer Schattendusche.

In den Tagen darauf war auch die Arbeit zu Ende, dann kam das Geld, und ich überwies es an Stella. Ich ging zu ihr nach Hause, und ihre Katze schmiegte sich mir in den Handteller, dass ich lachen musste vor Freude; man darf ihr nur nicht zu lange in die Augen schauen. Das Fernsehen zeigte körnige, grüne Dunkelheit.

In der Stadt nahm uns ein Kaufhaus mit seinen gläsernen Flügeltüren aus der Kälte. Schilfgrassträuße lagen neben Hemdenstapeln, leise klickten Kleiderbügel an Chromstangen, und am Ende des großen Raums transportierte eine Rolltreppe Stufe für Stufe Nichts herauf. Daneben in der Spielzeugabteilung lagen in Stapeln von Fensterkartons Puppen mit leichenfahlen Gesichtern, und ich dachte an einen Produktionsfehler, aber sie nehmen erst Farbe an, wenn sie angefasst werden.

DANN WAR HENRI zurück. Wir gingen in die vielen unerschlossen funkelnden Möglichkeiten eines Abends. Gezeiten der Unruhe schwemmten, wie uns, Gäste in ein Restaurant oder trugen sie fort. Die Musik gefiel mir. Sei es auch Illusion und die Welt nicht so unermesslich, wie es scheint, was wüssten wir von ihren Wundern ohne Musik? An der Decke des Restaurants spielten die blauen Reflexionen von Uhrgläsern und Schmuckstücken.

Der Kellner seufzte, weil wir noch sprechen zu müssen glaubten, um uns verständlich zu machen, wo doch eigentlich alles vollkommen klar war.

»Club Soda?«, fragte der Kellner.

»Klappsoda«, sagte Henri.

»Sofa Water«, sagte ich.

Eins zu eins, und wir waren beide zu faul zu gewinnen. Später stellte der Kellner, noch ehe ich es sagen oder ihm auch nur bedeuten konnte, die weitere Flasche Wasser auf den Tisch, die ich wünschte.

In den Schatten der Stielgläser mit dem Wasser leuchteten fein geschwungene Brechungen auf dem weißen Tischtuch, Libellenflügel aus Licht. Zum Essen lag Silberbesteck mit englischen Suppenlöffeln auf. Dann aß ich das erste Mal Maniok. Es schmeckt auf angenehme Art nach nichts, nicht so weich nach nichts wie Mozzarella.

Für die Einladung zum Essen versuchte ich mich mit einem Trick bei Henri zu bedanken und sagte, wie bemerkenswert ich es gefunden habe, als mir neulich jemand erzählte, dass die alten Ägypter Angst davor gehabt hätten, jemand könne ihnen ins linke Ohr ejakulieren, den

Durchgang für die Seele, und Henri machte mich erfreut darauf aufmerksam, dass er das gewesen sei.

Dann sagte er, dass Stella das Geld von mir Metz gegeben habe und dass sie früher mit ihm zusammen gewesen sei. Und dann rollte der Stein mit dumpfen Aufschlägen abwärts, bis er ungefähr dort zu liegen kam, wo der Mann am Fuß des Gerüsts ihn aufgenommen hatte.

»Das wusste ich nicht«, sagte ich.

»Tut mir Leid«, sagte Henri. »Wusste ich nicht, dass du das nicht weißt.«

Man muss manchmal trinken, um das Nichttrinken nicht überhand nehmen zu lassen. So tranken wir, Brände.

Ich nahm ein Taxi nach Hause. Der Fahrer war aus Bosnien, er war Rechtsanwalt in Tuśla gewesen. Als er nach acht Monaten Krieg der Kinder und seiner Frau wegen geflohen war, hatte er seine Bibliothek zurücklassen müssen.

»Es ist nicht so schlimm, dass die Kanzlei weg ist und das Haus«, sagte er. »Aber mit meiner Bibliothek habe ich alles verloren.« Eintausenddreihundertsiebenundzwanzig Bücher, viele noch von seinem Vater und Großvater, jedes gelesen.

»Aber wir leben«, sagte er freundlich.

So fuhren wir. Es war die letzte milde Nacht in diesem Jahr, und wir fuhren mit offenem Schiebedach, und es war nicht nur, als würden wir mit einem Auto über die Erde fahren, sondern mit der Erde wie mit einem Cabrio durch die Unendlichkeit, das Zarte und Offene der Atmosphäre über uns, und unser Haar wehte hinaus in die kalte Weite des Weltraums.

KEINER

DAS AUFHÖREN FING an einem Vormittag an, als ich unabsichtlich eines der Bücher mit ins Büro nahm, die meiner Frau gehören.

Ich arbeite für eine Illustrierte. Sie hat einen kurzen Namen, aber der Verlag, dem sie gehört, trägt eine ebenso ein wenig umständliche wie unumgängliche Bezeichnung, mit der alle Angestellten sich am Telefon melden müssen.

Es war das falsche Buch, so wollte ich es erst nur flüchtig anblättern; das richtige lag zu Haus. Dann aber, als sei ich in einen Zahnkranz aus Buchseiten geraten, zog es mich in das Geschriebenengetriebe. Jemand hatte sich in Liebe jeder Einzelheit der Welt zugewandt und ihr Brillanz geschenkt in der Weise, wie er von ihr sprach, und nach und nach brachte er alles mit einem Vollton der Verachtung in Einklang.

Zum ersten Mal las ich eines der Bücher meiner Frau. Ich hatte das Gefühl, etwas sehr Intimes einzusehen, und mir war, als ob das Erstaunen ein winziges Leck in mir schlage, durch das ich nun auszulaufen begann.

Als das Telefon auf meinem Schreibtisch klingelte, fiel mir nicht mehr ein, wie die Firma hieß, in der ich saß. Ich warf den Anrufer aus der Leitung und suchte in den Schubladen vergeblich nach Briefpapier oder etwas anderem, das jene Bezeichnung trug, an der ich mich wieder finden musste. An einem Schreibtisch gegenüber saß eine Kollegin. Wir hatten davon gehört, dass noch vor Jahresende einem von uns gekündigt werden sollte.

Telefon.

Ich war außer Stande, mich an sie zu wenden (»Entschuldigung, wie heißt das hier eigentlich, wo wir sind?«).

Ich warf weiter Anrufer aus der Leitung. Unten am Gehsteig sah ich eine Frau vorbeijoggen, sie hielt die Arme abgespreizt, als habe man ihr Brennnesselblätter in die Achselhöhlen geschoben. Als ich mich umwandte, um hinunterzugehen, sah ich, dass unser Chef unter dem Türsturz stand. Er schaute mir zu.

»Was ist jetzt mit dem Zwiebackfoto?«

»Kommt, so schnell es geht.« Ich ging.

Einen Moment zuvor hatte meine Kollegin ein Messer neben der Kaffeemaschine auf den Tisch gelegt. Es begann sich zu drehen, wie der Zeiger eines Geräts. Mit vollkommener Leichtigkeit drehte es sich um den ruhenden Punkt. Dann kam das Messer zum Stillstand, und seine Spitze zeigte auf keinen von uns.

In der Eingangshalle las ich von einem Messingschild den Namen des Verlags ab, für den ich seit ein paar Jahren arbeitete; wieder zurück an meinem Schreibtisch, hielt ich ihn auf einem Zettel fest und verdeckte die Notiz dann mit dem Buch meiner Frau.

Draußen flog eine Schwalbe in eine Bö. Nichts veränderte sich an ihren Bewegungen, nur dass sie nicht mehr vorwärts kam.

MEINE FRAU UND ich haben etwa gleich viele Bücher, und nun sind sie in dem Zimmer unserer Wohnung, aus dem eine Bibliothek geworden ist, keinesfalls zu einfach zwei und zwei Wänden aufgeteilt.

Kommen zwei Bibliotheken zusammen, ereignet sich das still und groß. Was sich herausstellte, war, dass diese beiden Systeme voller Eigenarten sich sehr nahe kommen; sie verschränken sich, aber sie mischen sich nicht. Wo neben den Büchern meiner Frau Lücken in einem Regalfach waren, blieben sie aus Respekt vor einer Ordnung, in der die Reihe aufgestellt war und die sich vielleicht weiter auswachsen wollte, offen. So war es auch mit meinen Büchern, nur dass ich manchmal umgekehrt wünschte, dass die Leere der Lücken sich in die Buchreihen hinein ausdehnte, sie fühlte sich doch ein wenig an wie eine Gewissheit.

Eine respektable Ordnung ist man jedenfalls zu vermuten geneigt, wenn man vor einer Bibliothek steht, obwohl ich von meinen eigenen Büchern wusste, dass manche, und zwar ziemlich umfangreiche Abteilungen, nur einen Anschein von Systematik erweckten, sie waren beispielsweise nach Höhenmaßen in unterschiedlich hohe Fächer gestellt; in ihrem Innersten aber lagen Kräfte verschiedenster Unwägbarkeiten, von Vorordnungen oder des reinen Chaos blank.

Näherte ich mich diesen ungeklärten Verhältnissen in meinen Teilen der Bibliothek, fühlte ich mich stets herausgefordert von dem Widerspiel, das einerseits alles im Möglichen lassen wollte und sich nicht festlegen, sich andererseits aber nach einer Klarheit sehnte.

Als ließe diese verschlungene Schwierigkeit sich durch eine magische Geste in etwas Handhabbares verwandeln, zog ich dann oft ein Buch aus dem fraglichen Areal, nicht um es zu lesen, sondern um eine Beruhigung zu spüren, die sich auf die offene Wunde hinter dem vermeintlichen Gefüge der Bücher legte, auf das lebendige Zucken. Gern nahm ich diese Beruhigung für das Glück.

In der ersten Zeit, die ich mit meiner Frau zusammenlebte, brauchte ich ein solches Buch nur hinzulegen, und es warf die Seiten zu einem weißen Pfauenrad auf. Es war die Verführung. Die Seiten wollten berührt werden, sanft niedergedrückt. So legte ich meine Hand also über den Bruch zwischen den Seiten, direkt auf die Zartheit der Zeilen.

Ich war lange im Büro geblieben, nur um zu zeigen, dass ich bleiben wollte. Da ich sicher war, dass seine Mutter noch eine der vierzig Jahre alten Zwiebackverpackungen aufgehoben hatte, wollte ich Lehneisen erreichen. Seinem Anrufentgegennehmer teilte ich mit: Die Geschichte steht und fällt jetzt mit dem Bild.

Meine Kollegin war zu einer späten Besprechung in ein anderes Ressort, und nachdem sie gegangen war, hatte ich ihre Jacke in einen Schrank neben der Kaffeemaschine gehängt, der dafür eigentlich nicht vorgesehen war. Dann stellte ich an ihrem Computer einen Bildschirmschoner so ein, dass er kein Bild anzeigte und der Schirm einfach dunkel blieb; die Schreibtischlampe ließ ich eingeschaltet. Unser Chef kam vorbei und fragte, ob die Kollegin schon nach Haus gegangen sei. Wird wohl, sagte ich.

WIR GEHEN DOCH alle verloren, und ist es nicht schön, wenn sich für eine Weile ein Ort findet, an dem es nichts ausmacht, wenn man verloren geht?

Ich ließ in der Wohnung den Fernseher laufen und ging in die Straßen; käme ich zurück, würde mich eine helle, gleichgültige Bewegung empfangen.

Es begann zu regnen. Ich stellte mich kurz unter das weite Dach einer Tankstelle, und für ein paar Augenblicke fanden das gleichförmige Zifferntícken an einer der Zapfsäulen und das jazzige Platschen der Wasserschwälle, die vom Dach auf den Asphalt fielen, einen gemeinsamen Rhythmus; dann ging ich doch in den Regen.

Meine Brille war tropfenverhangen, und Lichtfäden bewegten sich darauf, so sacht und zögerlich wie ein frisch geschlüpftes Küken. Ab und zu lief ein Tropfen über meine Kopfhaut. Aus einer nassen Hecke roch es nach gekochten Kartoffeln.

Die Autos zogen Gischtschleppen hinter sich her. Ein Wagen, der von der Tankstelle auf die Straße abgebogen war, ließ durch Überdruck in der Scheibenwaschanlage haarfeines, glitzerndes Wassergeäder über sein Dach hinaus auf das Heck schweben.

Dem Entschluss nass zu werden folgte das Gefühl, frei zu sein. Zu Haus tauschte ich die nassen Sachen gegen trockene und fühlte mich zu frei. Aber gehen wir nicht alle verloren, und ist es nicht schön?

Mir gefällt zu vieles; das gehört sich nicht. Schönheit ist kein besonders hohes Gut, sagte Lehneisen, als wir einander am nächsten Abend vor einem Kino trafen. Er berichtete, dass den ganzen Sommer über die Mücken nur in sein Zimmer gekommen waren, um zu sterben. Jeden Morgen ein zarter Flaum aus toten Mücken auf der Fensterbank.

Nun war es September, und das Nachsommerlicht verlief sich auf der Kreuzung vor dem Kino. Die Glassplitter der letzten Unfälle funkelten. Ein Mann an einer Fußgängerampel beschattete seine Augen mit einer Hand.

Wir standen da, und es wurde dunkel. Nachdem in dem gläsernen Buswartehäuschen neben uns das Licht hinter dem Werbemotiv eingeschaltet worden war, sah ich an dem großen Frauengesicht, dass man vergessen hatte, dem Model die Plomben wegzuretuschieren.

ALS ICH LEHNEISEN vor Jahren kennen gelernt habe, war das Erste, was er mir erzählt hat, wie er als Zehnjähriger zum ersten Mal dem Tod begegnet war. »Viel zu spät«, sagte er. »Ich glaube, diese lange Zeit der Unsterblichkeit hat mir geschadet.« In einer Ecke einer Aufzugkabine hatte er eine Mücke entdeckt, und als er begriffen hatte, dass sie gerade stirbt, fuhr er eine Stunde lang mit den anderen Fahrgästen immer auf und ab, bis sie tot war.

Bis heute weiß ich nicht genau, was Lehneisen macht. Ständig ist er mit bemerkenswerten Dingen befasst. Keines der Dinge scheint einen Anfang zu nehmen oder ein Ziel zu finden. In rätselhaften, weichen Übergängen wird eines vom anderen überlagert. Im Augenblick arbeitete er an einem Werkzeugkoffertheater.

Wenn man einen blechernen Werkzeugkoffer aufklappt, öffnet er sich zu zwei kleinen Tribünen, die einander gegenüberliegen. Vor einiger Zeit hat Lehneisen damit angefangen, Gliederpuppen und Drahtfiguren zu bauen, die auf diesen Tribünen Platz nehmen können; beim ersten Mal bezeichnete ich sie als »kleines Stadion«, und Lehneisen zog mit der Handkante eine Linie über die Längsachse des blauen, hammerschlaglackierten Werkzeugkoffers, der als sein Prototyp fungierte, und sagte: »Ja, ein Geradion.«

Das mag ich an ihm. Man kann, wenn man spielt, mit jemandem spielen oder gegen jemanden, und Lehneisen, wenn er etwas gab, legte Wert darauf, etwas dazuzugeben.

Versuchte jemand, sein Werkzeugkoffertribünenpublikum als Kinderspielzeug oder Dekoration abzutun, schaute er mit entschuldigender Miene hoch zu Gott. Gott ist das Zeichen dafür, wie wenig wir von der Welt wissen, sagte er dann. Aber ein wenig weiß ich inzwischen, und das ist, dass man mit dieser Art Theater Furore machen kann.

Dann erzählte er von einem Stück, an dem er gerade arbeitete und das auf einem ausgefalteten Werkzeugkoffer aufgeführt werden sollte. Ich habe nicht behalten, worum es in dem Stück ging, nur dass ein Mann darin vorkommt, der so langweilig ist, dass alles einschläft, und der Glück hat, als er mit einer Frau in ein Restaurant kommt, denn dem Kellner, der sofort einschläft, träumt, dass jemand etwas zu essen bestellen möchte.

Ich werde es mir noch einmal genau erklären lassen, wenn ich die Geschichte über Lehneisen schreibe. Die Kleinsttheateridee hatte so von ihm Besitz ergriffen, dass er zwei weitere Projekte begonnen hatte.

Das eine Stück spielte in einer Telefonzelle. Lehneisen wollte darauf bestehen, dass jeder, der das Stück sehen wollte, mit in die Zelle musste. Es handelte von einer alten Schauspielerin, die das Gedächtnis verliert und Telefonate mit einem pensionierten Souffleur führt, vor langer Zeit ein Geliebter. Er erzählt ihr von einem Theaterstück, das er über sie geschrieben hat und das ihm jemand, der damit berühmt geworden ist, in der Manuskriptfassung gestohlen hat.

Das andere Stück spielte in einem Pullover, Größe XXL. Lehneisen erzählte, dass er einmal morgens beim Anziehen des Unterhemds nicht das große mittlere Loch für den Kopf getroffen hatte, sondern ein Armloch mit einem der kurzen Unterhemdsärmel, und erst einmal erschrocken darüber war, dass sein Kopf über Nacht so angeschwollen war, um sich schließlich in einer nahezu Odyssee ins Vorgesehene durchzuwühlen. Ein Darsteller und ein Zuschauer konnten ohne weiteres unter dem Pullover Platz finden.

ICH HATTE MEINEM Chef vorgeschlagen, eine Geschichte über Lehneisen zu schreiben; dass wir Freunde sind, betonte ich nicht eigens. Mein Chef ist vor allem an bekannten Menschen interessiert, oder an Menschen, denen etwas zu Eigen ist, das er ausschließlich in der Mehrzahl nannte: Schicksale. Wer ist Lehneisen?, fragte er. Den kennt keiner.

Wenn die Leute meine Geschichte über ihn gelesen haben, werden sie ihn kennen, sagte ich; zugleich spürte ich, dass das, was ich sagte, wie ausgehöhlt war. Ein schmerzlicher Zweifel zog meinem Chef die Wangen hoch. Die Geschichte stand auf der Kippe, zumal ich ohne sie bloßer als nackt dastehen und nichts mehr die Ausgehöhltheiten verbergen würde.

Mir fiel ein, dass Lehneisen schon öfters von sonderbaren Begegnungen erzählt hatte. Fremde sprachen ihn auf der Straße an, Leute in seinem Alter oder Ältere, dass er ihnen so bekannt vorkomme, und Lehneisen sagte ihnen, dass er vor vierzig Jahren das Baby auf der Zwiebackverpackung gewesen sei. Sah man dann seinen kantigen Kopf, die Frisur mit der hübschen Jungstolle und das weiche, freundliche Gesicht, offenbarte sich einem plötzlich, dass er heute noch viel mehr aussah wie das Baby damals auf der Zwiebackverpackung.

»Wir machen die Geschichte«, sagte mein Chef. »Wir brauchen dieses Zwiebackbild.«

Lehneisen war durchaus daran interessiert, dass über seine Ambitionen berichtet wurde. Als ich die Zwiebacksache ins Spiel brachte, schien es einen Moment, als sei sie nicht recht passend, ein wenig, wie wenn eine Mutter ihren Finger mit Speichel anfeuchtet und ihrem erwachsenen Sohn, der Aufsichtsratsvorsitzender geworden war, einen Krümel aus dem Mundwinkel wischt. Dann winkte Lehneisen, der sich inzwischen wohl besonnen hatte, mein Vorgehen doch durch, indem er ein freundliches Lächeln andeutete.

Längst waren andere Kleinkinder auf die Zwiebackverpackung nachgerückt, also hatte ich Lehneisen im Namen der Bildbeschafferinnen im Verlag nach seinem Erinnerungsstück gefragt. Es war bei einem Umzug verloren gegangen. Meine Mutter hat vielleicht noch eines, hatte er gesagt, und nun standen wir vor dem Kino und ich erfuhr, dass seine Mutter gerade unabkömmlich und nicht zu Hause war.

Lehneisens Mutter war Streicherin in einem Sinfonieorchester gewesen. Seit sie im Ruhestand war, spielte sie nur noch im Liegen Geige, nun aber war sie einem jungen Komponisten zu Hilfe geeilt, der vor einer besonderen Herausforderung stand. Er sollte für ein Opernhaus, das einsturzgefährdet war, die Werke im Repertoire neu arrangieren, sodass keine Gefahr mehr bestand, dass Klanggewalten in eine verhängnisvolle Resonanz mit der Architektur treten konnten. Es fehlte an Geld, und ein solches Arrangement war billiger als ein Umbau.

ICH BAT LEHNEISEN, seiner Mutter eine Nachricht zukommen zu lassen, ein kleines bisschen dringend sei es, dass sie uns für ein paar Tage die alte Zwiebackverpackung überlassen möchte.

Der dicke, blaue Teppichboden im Foyer nahm alles an

Geräuschen fort bis auf ein Raunen, das dem Publikum wie ein gemeinschaftliches, etwas zu großes Haustier folgte.

Wir kamen zu spät in den Kinosaal, unsere Plätze lagen am Ende einer Reihe. Die Leute mussten aufstehen, um uns passieren zu lassen, und Lehneisen, der voranging, entschuldigte sich und durchquerte die Reihe, mit dem Gesicht zu den bereits Anwesenden.

An einer Stelle, an der man an der Musik zu fühlen begann, dass die Geschichte sich ihrem Schluss zuneigte, riss der Film oder die Rolle war zu Ende. Jedenfalls war der Vorführer nicht an seinem Platz, er kam auch nicht, und eine Weile machte niemand Anstalten, nach ihm zu suchen.

Ich nahm wahr, dass Lehneisen die kumulierende Unruhe in dem kleinen Saal sondierte, und als sie ein bestimmtes Ausmaß erreicht hatte, ging er nach vorn unter die Leinwand und sagte, dass er den Film nun zu Ende erzählen werde. In einem Augenblick verloschen die trägen Vernehmlichkeiten, die sich der leeren Leinwand und auch bereits der Tür zuzuwenden begonnen hatten, Applaus brandete an die blaue Teppichküste, und Lehneisen begann von einem Mann zu erzählen, der eine Tankstellenreligion erfunden hat und dafür zu missionieren beginnt.

Das letzte Filmbild war eine Tankstelle in einer Dämmerung gewesen. Die Tankstellenreligion sollte die Hinwendung an das höchste Wesen in der Zeit und mit den Mitteln ermöglichen, die für einen Tankstopp zu Gebot standen. Lehneisen entwarf das Bild eines Dreiminutenhochamts, das der Tankwart aus einer Aufreißpackung heraus zelebrieren konnte, um schließlich die Hostie in dem Stahlblechschubfach unter der Panzerverglasung des Nachtschalters durchzureichen.

Als Lehneisen mit der Beschreibung einer zugehörigen, gewissermaßen transzendenten Car Wash begann, in der rosenkranzkettengetriebene, weihwassergefüllte Walzen den armen Sünder vorreinigten und unter eine Flagellantenwalze weitertransportierten, kam eine neue Art von Unruhe auf. Erste Zweifel an der Werktreue von Lehneisens Ausführungen wurden laut. Schließlich verließ das Publikum den Saal, während Lehneisen einen opulenten Abspann aufsagte.

Wir kamen aus dem Kino in die Nacht, und die Stadt lag verzaubert. Oh Kino. Es hatte geregnet, und unter dem schwarzen Glanz auf dem Asfalt und hinter den lichtbedeckten Häuserwänden schien die Welt zum Platzen erfüllt von dem freudigen Geist der Bilder.

Auf dem Nachhauseweg sprachen wir vom Tod, im Film standardisiert als ein Wegkippen des Kopfs oder, wenn geschossen wird, als Hohlkreuz und Sturz.

Frauen spüren sofort, dass ich schon lange allein bin, sagte Lehneisen, als wir uns voneinander verabschiedeten. Dieses abgedriftete Fingerspitzengefühl, wie von jemandem, der sich angewöhnt hat, an Automaten und in Telefonzellen stets im Geldrückgabeschacht nach Münzen zu tasten, die jemand vergessen haben könnte.

WENN ICH VON der Arbeit nach Haus gehe, komme ich durch eine Fußgängerzone und an einem Einkaufszentrum vorbei, das wie eine gelungene Parodie auf das Internet wirkt. Beides ist moderner, öffentlich gemeinter Raum, der ganz als ein künstliches Inneres angelegt ist. Der Alltag hat dem gleißend Neuen an den Geschäften, in der Art kleiner Beseelungsversuche, gewisse Schäbigkeiten zugefügt. Exklusiv sind auch nur noch die Männer, die vor den Glastüren der Passage stehen, Dosenbier trinken und Trainingsanzüge tragen, dieses gespenstische zeitgenössische Gegenteil von Gefängniskluft – der Anzug derer, die draußen sein müssen.

Und wo an dem Einkaufszentrum eigentlich die Vorderseite sein sollte, sind staubige, verhängte Fenster. Dadurch gewinnt man den Eindruck eines Gebäudes, das anstelle von Außenseiten rundum nur Rückseiten hat und für eine äußere Welt nicht viel mehr übrig als Verachtung.

An einer Stelle aber führt ein Kabel aus dem Zentrum und endet in einem jener Geräte, in denen man ein Kind hydraulisch hin und her bewegen lassen kann. Dieses Bild: die Jugend von morgen in der Erlebnisapparatur, online verbunden mit dem lockenden Inneren der naturlosen Nähe.

Ich kaufte mir eine Jacke. Dann nahm ich einen dunkelblauen Troyer und versuchte, die Ware dazulassen und nur die Diebstahlsicherung zu stehlen; ich brachte es zuwege, indem ich den Troyer kaputtriss und die Fetzen in einer Umkleidekabine zurückließ. Während ich die Jacke bezahlte und die Kassierin unaufmerksam war, zog ich die lichtgraue Diebstahlsicherung auf dem Tresen über das kleine Feld, an dem sie deaktiviert wird.

Ich aß etwas in dem Zentrumsrestaurant, dabei saß ich direkt neben meiner neuen Jacke. Ich hatte sie über die Lehne des Nachbarstuhls gehängt. Trotzdem war ich weit von ihr entfernt; ich wurde ihrer nicht habhaft. Die Jacke war sozusagen weg, so da sie auch schien. Etwas gehört mir bereits, und immer noch will ich es bekommen – so geht das nicht. Als ich ging, ließ ich die Jacke in dem Restaurant hängen. Ich wollte nichts fortgeben, aber ich unternahm auch nichts dagegen, wenn etwas verloren ging.

VIELLEICHT BIST DU besitzabweisend, sagte Lehneisen, als ich ihn besuchte. Auf dem Küchentisch stand ein Glas Melonensaft, das einen weichen, roten Schatten warf, und in dem glimmenden Schatten leuchtete etwas wie eine Tulpenblüte aus gelbem Licht. Lehneisen stellte zwei Schalen Salz auf den Tisch und anstelle des Brots eine dritte Schale, in der eine dunkle Droge lag.

Keine Zwiebackverpackung. Keine Mutter.

Der Geschmack des Salinensalzes schien keine Mitte zu haben. Das grobkörnigere Meersalz schmeckte nach Sturm.

Später war ich irgendwo, und wenn ich sage: ich, so ist das gewagt. Ich wusste meinen Namen nicht mehr. Wie reifes Herbstlaub schienen die Begriffe von einem Windhauch aus mir fortgetragen. Das war angenehm bis zu dem Augenblick, als jemand auf mich zukam, von dem ich nichts wusste, nur dass wir einander kannten. Was es zu bedeuten hat, wenn man jemanden kennt, war mir schon nicht mehr fassbar.

Dann standen wir einander gegenüber, und für einen Moment dachte ich, dass nun das Ende der Welt gekommen sei. Ein Mund öffnete sich, ihm entströmte etwas, das beinah konsistent war. Etwas wie Hitzeschleier oder eine sehr geschmeidige, glasklare Schlange. Ich war starr vor Schreck, als die Schlangenkonsistenz in mein Ohr kroch.

Dadurch ausgelöst, begann in mir etwas wie ein ziemliches Gerenne in einem riesigen Archiv, Karteiblätter wurden hochgezogen, Einträge geprüft, erwogen, verworfen, und alles, ohne dass ich auch nur einen Buchstaben zu fassen bekommen hätte. Die Zeit schien knapp zu werden, und mit einem Mal war eine Karteikarte aus einer Unermesslichkeit verschiedener Einträge ausgewählt, und mein Mund öffnete sich, und mit furchtsamem Staunen spürte ich die gläserne Schlange aus mir herausgleiten und in mein Gegenüber hineinverschwinden. Etwas war gesagt. Aber was? Wem?

Es war hübsch, dass die Welt nicht endete.

Etwas stellte sich ein, das ich erst für Ruhe hielt, doch es war ein Abfließen in eine Senke hinein, die ich erst für mich selbst hielt, nur dass ihr Grund nicht verschlossen war, und was da versickerte und schließlich rasch versank, und auch was da floss und ich danach für mich zu halten versuchte, nicht geradewegs panisch, aber doch ein wenig, wie wenn man von einem Floß auf ein daneben taumelndes springt und begreift, dass man auf einen Wasserfall zutreibt, aber im letzten Moment erweist er sich doch als ein ungeheuerliches Aufrauschen der Vorstellungskräfte, also: auch was da floss und rauschte und versank, war nicht ich.

Schließlich war da keiner mehr. Keiner schrie. Glasklare Schlangen schlüpften, und das Geräusch von etwas Unbestimmtem, das gefallen war, tönte ab und zu durch die Straßen.

DIE KATZE MEINER Frau saß in der Bibliothek auf der Fensterbank auf einem Gummihandschuh, der rosa unter ihrem Bauch hervorgriff. Ich schüttelte ihm die Hand, und die Katze sprang in einen der Kartons, die vor den Regalen standen.

Die Katze liebt Kartons. Sie sitzt gern in ihnen. Nach ein paar Tagen ist ein Karton dann abgelebt, und ich bringe ihn weg. Die Kartons sind ihr einziger Tribut an die Welt der Dinge. Wenn etwas fällt, bleibt es liegen. Die Dinge lügen, sagt die Katze, nur Zeit und Zuwendung sind wahr. Und Kartons.

Ich lese kaum etwas und hatte eigentlich nur deswegen so viele Bücher, weil mir aufgefallen war, dass die Katze die frischen Kartons der Versandhändler mag. Sie lebte in der Wohnung eingeschlossen, und so kam die Ferne zu ihr.

Auch für die Katze war die Bibliothek eine Bibliothek, nämlich eine der Gerüche, die Menschen an den Büchern zurückgelassen hatten, Besucher, die ein Buch aus den Reihen gezogen, oder Leute, die sich Bücher ausgeliehen und sie zurückgebracht hatten. Während mein Teil der Bibliothek für die Katze nur in Bodennähe zugänglich war, da ich die Angewohnheit habe, die Buchrücken bündig zur Brettkante einzustellen, saß sie manchmal auf den Balkonen und Plateaus vor den Büchern meiner Frau, die wohl vernehmlicher rochen, da meine Frau die Bücher auch las, schnupperte eine Rückenreihe entlang und hielt manchmal inne und wandte sich ein paar Bände zurück.

Nun war es eine andere Art von Kartons, mit Grifflöchern, die vor den Regalen stand. Die beiden Bibliotheken gehörten nicht mehr zusammen.

Ich schrieb etwas auf einen Zettel und legte ihn vor eine Reihe dunkel glänzender, schmaler Bücherrücken. Das Traurige an der Liebe ist, dass sie sich nicht zu helfen weiß. Die Kappe schloss ungewöhnlich leise auf der Füllfeder, ein Stück Fingerhaut war zwischen das Metall geraten, und zwischen meiner Frau und mir spürte ich etwas wie einen aufgetürmten Berg aus losen, schweren, glatten Stoffbahnen, ein Schimmer an allen, der an sich selbst herabfloss und verschwand, wehrlos und ganz leicht.

Auf dem Tisch, an dem Lehneisen Platz genommen hatte, stand ein Glas Mineralwasser auf einer Illustriertenseite. Ein Faden aus Kohlensäurebläschen schwang nachlässig darin. Die wenigen Wörter auf der Seite schwammen gebrochen unter der Oberfläche des Mineralwassers. Sie zitterten, waren zu Bögen und Ringen gebeugt und vergrößert, und an ihren Rändern waren sie umgeben von einem weichen Saum aus Spektralfarben.

Lehneisen sagte, dass er meiner Frau begegnet sei. Sie habe ihm erzählt, dass sie nun ihrer Wege gehe und von einem letzten Anstoß dazu, einer letzten Begegnung zwischen uns. Ich hätte nur ein einziges Wort gesagt.

»Was habe ich gesagt?«

»Keiner«, sagte Lehneisen.

Wir wollten an den Fluss, und der Weg, den wir entlanggingen, sah durch die Baumschatten in dem Spätnachmittagslicht aus wie ein gewaltiger Barcode. Neben einem Ginsterstrauch durchquerten wir ein Mückenspiel; vielleicht war es auch nur ein Gedanke.

»Du bist nie das Baby auf dem Zwieback gewesen«, sagte ich.

»Nein«, sagte Lehneisen. »Was kann ich tun?«

Ein paar Schritte lang begleitete uns in der Wiese neben dem Weg eine Stockente, auf ihrem weißen Rückengefieder ein grauer Streifen, wie mit einem dicken Pinsel auf nassem Karton gezogen. Im Vorbeigehen floss das Geäst der Bäume und der Himmel dazwischen über die Scheibenwölbungen geparkter Autos. Die Krone einer Eiche staute sich an der Gummirahmung einer Windschutzscheibe, ergoss sich über den Glasglanz und kämmte träge darüber weg.

Ich fühlte mich wie der Korken einer Flasche, die zu einem Fest gehörte, das lang vorbei war. Auf dem Fluss zogen sich zwischen dunklen, windrauhen Streifen Bänke von Glanz hin. Wir hielten auf einem Steg. Der Wind fühlte sich an wie das Phantom einer drängelnden Menschenmenge, und ich sah eine winzige, graue Aschekoralle, die sich in das weiße Papier von Lehneisens Zigarette fraß.

»Es war einfach eine schöne Geschichte«, sagte Lehneisen.

»Es ist immer noch eine«, sagte ich, und Lehneisen sagte: »Schönheit ist kein besonders hohes Gut«, und ich lud ihn zum Essen ein.

Zwei Wochen später wurde meiner Kollegin gekündigt. Noch am selben Nachmittag ließ man mich wissen, dass auch ich gehen musste.

AN EINEM DIESER Tage im Herbst stand ich auf, als es noch dunkel war, und sah fern, um eine Zugehörigkeit zu vernehmen. Man zeigte Kameraschwenks über verschneite Orte im Süden, Live-Bilder, und ich sah das Morgenlicht und fragte mich, wo in diesen Augenblicken auf den hunderten Kilometern dazwischen die Sonnenaufgangslinie gerade über die Felder streifte. Während die Katze und ich frühstückten, kam die Helligkeit und saß schließlich wie ein großes, weiteres Wesen, die Augenlosigkeit, in dem Zimmer.

Auf dem Weg zur Arbeit kam ich an einem Haus vorbei, das sprach. Zwei Frauen unterhielten sich über eine offenbar defekte Gegensprechanlage miteinander. Ich blieb stehen und merkte, dass die Frauen erst zu begreifen begannen, dass sie beide im selben Haus wohnten und die andere nicht unten vor dem Klingelbrett stand, sondern nur ihre Stimme aus dem Lautsprecher zu hören war. Ich stellte mich vor und sagte, dass ich unten vor dem Klingelbrett stehe. Die eine der beiden Frauen verabschiedete sich bald, während ich mit der anderen noch eine Weile sprach. Dann verabredeten wir uns für den nächsten Tag, wieder an der Gegensprechanlage.

Als ich von der Arbeit nach Haus ging, waren fast nur Frauen auf der Straße, und alle trugen eine oder mehrere Tüten, durch die sich Eingekauftes vorwölbte. Der einzige Mann, der etwas in der Hand hielt, trug es, obwohl er allein war, so, wie man als Mann aus Gefälligkeit eine Damenhandtasche trägt. Wie Nester letzter Tageshelligkeit begannen die Einkaufstüten zu schimmern, während alles andere schon in matten Dämmer sank.

Hoch oben, in einer anderen Zeit, in der noch gerade die Sonne unterging, leuchtete der Kondensstrahl einer Verkehrsmaschine in einem schwindenden Orange, während im Straßengrund das Abendblau bereits ins Dunkle auskühlte und sich in Plötzlichkeiten, wie Blüten aus Sehnsucht und Stahl, die Lichter der Stadt öffneten.

Autos fuhren, und die letzten Sonnenlichtflecken liefen auf dem Glanz an ihren Seiten entlang, und während sie auf die Durchfahrt unter einer Brücke zurollten, unter der schon Dunkelheit wartete, tropften die Lichtflecken vom Blech, und noch bevor die Autos unter die Brücke fuhren, waren sie bereits dunkel und in der Nacht.

DAS DREIKÖRPERPROBLEM

ES WAR DAS JAHR, in dem die nackten Telefonpfosten auf den Straßen wieder gläserne Seitenwände und Vordächer bekamen. Als während der vorangehenden Erneuerungsepidemie immer mehr Telefonzellen zu diesen Pfosten skelettierten, hatte Fischkorn sich gefragt, was Liebespaare oder Junkies nun tun sollten, die von den Zellen ab und zu in Obhut genommen worden waren: sich an einen Pfosten gurten? So freuten ihn die Seitenwände und Dächer auch als das Scheitern einer verordneten Absicht.

Ein Herbstmorgen begann zu leuchten. Die Natur zeigte, wie etwas schön zu Ende gehen kann. Fischkorn war auf dem Weg von der Nachtschicht nach Haus. Das Rauschen der Stadt nahm zu, als käme sie näher. Vor einem Gemüsegeschäft bauten zwei Männer mit vor Müdigkeit noch wehrlosen Gesichtern die hölzernen Ränge für die Obstkisten auf. Daneben hatte ein Kind gerade entdeckt, dass es einen Schatten besaß, und versuchte nun, ihn wieder loszuwerden.

Fischkorn ging zu Fuß, um das Fahrgeld zu sparen, im Grund aber einfach, um zu gehen. Er schwitzte unter seiner dicken Jacke und dem Flanellhemd. Die Haut auf seinen Armen brannte, sie war bis über die Schultern von Schnitten durchzogen.

Er stieg die Treppe in den Keller hinunter, den er bewohnte. Es war ein wenig wie Nachhausekommen und ein wenig wie durch Eis in dunkles Wasser einbrechen. Jedes Mal weckten der Kellergeruch und der Anblick der narbigen Betondecke seine Neugierde auf etwas untergründig Rohes.

In dem schmalen Vorzimmer der Wohnung war noch zu erkennen, dass die Wände einmal violett und die Türstöcke goldfarben gestrichen gewesen waren. Obwohl keine da standen, roch es nach Schuhen. Es gab ein Zimmer mit jeweils einer Luke zum Hinterhof und auf den Gehsteig vor dem Haus, und eine winzige Küche, an die eine arterienblutrot lackierte Kammer schloss, wo auf einem halbmeterhohen Sockel eine weiße Duschtasse eingelassen war.

In der Küche waren Plastiktüten in die Fensterrahmen geklebt, Glas fehlte. Die Spüle war mit Geschirr und Wasser gefüllt, das von den gelösten Resten samtig trüb und von einem Schilfgürtel aus Besteck eingefasst war. In dem Zimmer hatte sich neben einem kalten Kohleofen ein Krater aus Kleidungsstücken und Zeug aufgeworfen. Zwei dunkle Betten mit gedrechselten Füßen standen nacheinander an der Wand, wie Boote vor des Schlafes Schleuse. In dieser Wohnung war auch Stilbrüchen kein Vergnügen mehr abzugewinnen.

Während Nelson zu Gast war, schlief Fischkorn in dem Bett, dessen Boden bereits vor Wochen – und nicht einmal, weil zwei Menschen darin gelegen hatten – durchgebrochen war. Fischkorn lebte in manchem wie eine Katze.

Fiel etwas zu Boden, blieb es da und wurde nur manchmal noch zärtlich gestreift.

Er versuchte, ein paar Dinge in dem Zimmer anzusehen, aber der salzige Schweiß in der wunden Haut hatte ihn überreizt. Seine Aufmerksamkeit zuckte an den Anblicken zurück und federte farblos in sein Inneres.

Nun schlief Toni Fischkorn. Atemwolken flackerten aus seinen Nasenlöchern in die eiskalte Luft, und er träumte davon, dass er blind war und alles sah. Der Rest seines Körpers unterhalb der Nase lag unter einer verschossenen, grünen Steppdecke. Die Füllung in ihren Quadranten hatte sich mit der Zeit zu einer steifen Substanz verdichtet, ein Schildkrötenpanzergerüst durchwuchs langsam das einst fließendweiche Zugedecktsein.

Seine Arme waren wie von roten Mikadowürfen gemustert. Die Kanten der Schnitte in der Haut hatten sich zu haarfeinen Parallelen entzündet. Ein Kratzer führte von seiner rechten Schulter, als sei diese Person beinah durchgestrichen worden, bis über seinen Bauch. Es gab auch unsichtbare Schnitte, die nur eine schmerzhafte Richtung durchs Gefühl zogen. Feine Schnitte können tief gehen.

Wenn er, manchmal, zu spät zu der Arbeit in der Fabrik kam, folgte eine Disziplinierungsroutine. Anderntags musste er an einem gänzlich unbeliebten Arbeitsplatz antreten, danach war er gewöhnlich so zugerichtet.

Fischkorn träumte von einem Mann und einer Frau, die ein Liebespaar gewesen waren. Zufällig trafen sie einander gegen Abend an einer großen Kreuzung wieder. Die

Frau trug, wie jeden Tag seit ihrer Trennung, eine weiße Bluse als magisches Zeichen der Versöhnung, aber der Zauber ging fehl. Sie sah den Mann mit einer anderen Frau, die sich an ihn lehnte, und beschloss, nie mehr wiederzukommen. Der Mann auf der anderen Straßenseite, das wusste sie nicht, war inzwischen erblindet, und seine Begleiterin führte ihn und beschrieb ihm, was sie sah: eine Frau mit einer weißen Bluse, und hinter ihr an einer Tankstelle ging die Beleuchtung an und das Licht rückte sich zurecht; gefrorene Blitze tauten auf.

Nach diesem Traum, der gelegentlich vorkam, fand Fischkorn sich voll verirrter Sehnsucht, und er wusste nicht, ob die fremde Frau ihn stärker anzog als die, die er kannte. Von der Betondecke in dem Zimmer hing eine Lampe mit einer grauen Metallschale. Das Licht brannte, aber das Zimmer blieb dunkel, nur an der Decke schimmerte es matt. Es schien, als habe das Licht sich unter die Lampenschale zurückgezogen, verscheucht von einem Gegenleuchten der Müdigkeit, die ihn aus dem frühen Morgen fortgenommen hatte; aber nun war es Mittag, und es war hell.

Fischkorn stieg auf die Dusche. Er achtete sorgfältig darauf, vollständig unter dem heißen Strahlenkegel zu bleiben; Go-Go im Wasserkäfig. An seiner Ellbogenspitze sah er den Winter zuerst: durch eine unbedachte Bewegung geriet er damit kurz hinaus ins Untemperierte, und der feuchte Glanz auf der Haut wurde frostmatt. Bald würde es manchmal wieder so kalt in der Wohnung werden, dass sich beim Duschen auf der nassen Haut Eisfacetten bildeten und die Spüle über Nacht einfror und man ihren Inhalt als einen Block an den Besteckgriffen aus dem Becken heben und das Geschirr als schattigen Einschluss darin sehen konnte, Mammutabwasch.

Während er duschte, fiel ihm ein, dass er ein Körper war. Er schmiegte sich an die Wärme und das sanfte Streifen der Wassertropfen. Er *fühlte* sich gut, alleine, ohne Absicht, ohne Apathie. Die Nähe aber, die das Wasser herbeistreichelte, war von schaumleichter Leere.

FISCHKORN SASS der Küchenwand so nah zugewendet, als habe er mit ihr Vertraulichkeiten. Der Kalk roch kühl. Er lauschte, um Musik zu hören, eigentlich aber einfach, um still zu sein. Ah, die Stille.

Vor Monaten hatte er das erste Mal an der Wand etwas wahrgenommen, das kaum ein Geräusch war. Noch lange nachdem er es entdeckt hatte, wusste er nicht genau, ob es aus seinem Kopf oder von außerhalb kam. Nach einer Weile stellte er bestimmte Unterschiede in dem Geräusch fest, dann bemerkte er: Es war Musik. In einer Wohnung über ihm oder in einem Nachbarhaus hörte jemand Musik, und genau hier in seiner Küchenwand endete sie. Manchmal war er nicht sicher, ob es Musik war, was er hörte, oder nur der Klang ihres Verlöschens. Er fand heraus, wie er diesen hörbaren Hauch herüberleiten konnte ins Vernehmliche, und was ihn am stärksten anzog, war Stille.

Nie zuvor hatte er so Musik gehört. Er kam ihr entgegen, indem er förmlich seinen Körper verließ, zu einer unvorstellbaren Umarmung ausgebreitet, und die Musik zart und juwelenfunderfreut und hungrig an sich zog. Das Geräusch, die Musik, war in unregelmäßigen Abständen zu hören, und Fischkorn schärfte sein Empfinden für den geheimnisvollen Zeitplan. Er versuchte, sich ein Bild von dem Menschen zu machen, von dem die Musik herkam. Obwohl ihn der ungewöhnlich breite Fächer an Musikrichtungen etwas verunsicherte, war er bald gewiss, es mit einer einzigen Person zu tun zu haben.

Die Musik war abwechslungsreich, klassische Stücke, marokkanischer HipHop, Mainstream-Pop oder Ambientes, das einem vor Musiklosigkeit zu Weltwinzigkeit eingeschnurrten Gemüt wieder neue Weite geben konnte. Manches gefiel ihm nicht, gleichwohl hörte er es gern: allein die Zartheit, mit der die Musik in der kalten Küche zutage trat! Oft war er ganz im Einvernehmen mit einem Stück, die Lage großartig. Seien es auch Illusionen und die Welt weniger unermesslich als es scheint – was wüssten wir von ihren Wundern ohne Musik?

Fischkorn hörte einen elastischen, schnellen Rhythmus in der Wand, und die schwirrenden Splitter des Alltags fügten sich zu dem Gefühl eines ganzen Lebens. Es gibt Musik, die ein überschaubares Hochgefühl hervorruft, transparent und doch geschlossen wie eine Schneekugel; Euphorie, die in zwei Handflächen passt. Musik, die wundervolle Arten von Abwesenheit erzeugt. Fischkorn sah, dass es nicht die Musik war, der er nachzulauschen versuchte, sondern die Stille.

Und es genügte nicht, dass er selbst still wurde. Die Wohnung und der ganze Keller waren erfüllt von Geräuschen, und Fischkorn begann damit, die einzelnen Geräuschquellen ausfindig zu machen und eine nach der anderen stillzulegen. Er ölte Stahl und Stein und band an den Kragen des Wasserhahns einen weißen Faden, an dem sich Tropfen geräuschlos abseilen konnten.

Es war eine Papierfabrik, in der er jobbte, aber er brachte nur, wenn er Schreibpapier brauchte, manchmal etwas von dem Erzeugten mit. Es war zu groß, zu frisch, zu laut. Wenn er eine solche Papierröhre in seiner Wohnung wieder zum tischtuchgroßen Industriebogen ausrollte, musste er sich mit einer langen Schere erst passende Blätter daraus zuschneiden. Dabei, und durch den knappen Platz auf den Fußboden, verwarf sich die übergroße Fläche zur Satellitenaufnahme eines verschneiten Gebirges, und das Schöne, wenn man gewöhnliche Blätter schneidet, das entschlossene Durchtrennen und der scharfe Laut davon, ging in einem stockenden Knistern verloren. Nachdem der fertige Papierstapel längst in der Küche auf dem einzigen Tisch lag, raschelte die Wohnung dann noch lange nach wie von einem flüchtenden Wesen.

Seit der Sound in der Küchenwand sich zu einer Leidenschaft entwickelt hatte, sah Fischkorn sich nach anderen Sorten Papier um, alten Groschenheften beispielsweise, deren Seiten vom vielen Umgeblättertwerden schlaff wie Baumwolle geworden waren. Am liebsten war ihm das

Papier von Zeitschriften, die eine Zeit lang im Wartezimmer eines Arztes gelegen hatten. Es war ganz weich von den nervösen Händen, die seine Fasern zu immer winzigerem Spliss zerdrückt hatten, es war leicht und dick von verdunstetem Angstschweiß, und es war still, Geräuschlöschpapier.

So war das Musikhören an der Wand zu einem feinen Genuss geworden, der nun auf die Stille überging. Fischkorn sah eine stumme Hohlform die Klänge umfließen, und unter jedem Ton, der aufstieg, um zu verklingen, schloss sich die Formflüssigkeit zu einer glatten und ein neuerliches Stück umfassenderen Stille. Die Stille wuchs an, die nächste Flut begann.

FISCHKORN ZÜNDETE SICH eine Zigarette aus selbst gerösteten Tabak an und legte sie in die eine der drei Fugen in dem weißen Aschenbecher, die noch nicht mit abgerauchtem Teer verklebt war. Die Zigarette fügte sich der Ordnung, die der Dreck vorgab.

Legte man statt Zigaretten gedachte Linien in die Aschenbecherfugen, ergab sich die Gestalt eines Friedenszeichens oder ein Mercedesstern, je nachdem, wo man stand. Dann versuchte er die Linien, und es waren rasch mehr als drei, in seine Lungen zu legen, sozusagen auf den Dreck am anderen Ende der Zigarette. Es wurde komplex. Die zu einem regsamen Büschel geformten Linien waren gewichtlos, trotzdem belasteten sie ihn, als sei jede Linie geringfügig verbogen, verdrillt, vernudelt, und alle die kleinen Spannungen davon verflochten zu einer großen.

Fischkorn machte eine zuteilende, aber an niemanden gerichtete Handbewegung und ließ, wie ein Torero einen angreifenden Stier mit einem Tuchschwenk fortleitet, das Linienmonstrum an sich vorüberwüten. Damit gelang es ihm zwar, die Linienschwierigkeitsgradspaghetti auf ein Paar spitzer Hörner zu reduzieren; das Anstrengende an dem Ganzen aber war unverändert mit in die neue Vorstellung hinübergewechselt.

Das Gefühlstier wandte sich ihm erneut zu. Fischkorn versuchte es zu verscheuchen, indem er Staubteilchen betrachtete, die ölig auf den Glaskörpern seiner Augen trieben: schattige Flecken, die mit einer Verzögerung jedem Blickwechsel in die neue Richtung hinterherschwammen. Manche der Flecken schwebten von einem hellen Hof umgeben durch die Tränenflüssigkeit. Sie sahen aus wie Einzeller unter einem Lichtmikroskop am Maximum seiner Vergrößerungsmöglichkeiten.

Durch das Mikroskop war das Beunruhigende an den Linien erst einmal gänzlich fortgerückt in Vielzugroßes; als es sich neuerlich in die Vorstellung drängte und die Röhrengestalt des Mikroskops, als eine linienhafte Verdickung, doch wieder zu okkupieren versuchte, nahm er zufrieden wahr, wie es misslang. Das Instrument blieb ein ungerührter, grauer Zylinder.

Aber auch die Beunruhigung blieb. Sie nahm an Gewicht zu und folgte, wie die Staubpunkte auf den Augen, den Verwandlungen seiner Aufmerksamkeit. Fischkorn ließ einen Blick schwerelos hinausfahren in die Küche.

Insgeheim hoffte er, die Unruhe werde ihm folgen und dabei einfach durch ihr Gewicht aus seinen Augen fallen, eine Traurigkeit. Jemand, der in einen leeren Aufzugschacht tritt. In seiner Brust entstand das Vorgefühl eines Behagens, dann war es vorbei, kein Glück war ihm gefolgt.

Neben dem Aschenbecher auf dem Tisch lagen zwei hellblaue Eintrittskarten. Jannika, obwohl sie sie ebenso gut hätte wegwerfen oder Nelson geben können, hatte ihre Karte nach der Aufführung ihm geschenkt, und als nun die Musik in der Wand aufhörte und die letzte Fantasie beiseite geschoben war, sah er, was ihm zu schaffen machte: Er sehnte sich nach ihr. Er würde Jannika zeigen, dass er sich in sie verliebt hatte; und offenbar hatte sie sich auch in ihn verliebt.

NELSON KAM, setzte sich zu ihm an den Küchentisch und beteiligte sich daran, die flach getretenen Zigarettenstummel aufzubereiten, die Fischkorn vom Gehsteig auflas, wenn er nachts unterwegs war. Sie waren in einer abgewetzten, mit roten und schwarzen Arabesken bedruckten Blechdose gesammelt, die neben einer gelben Packung Jodsalz, einem Stapel Papier, einer Füllfeder und einem Glas Tinte auf dem Tisch stand. Fischkorn war arm und stopfte manchmal Dinge in zu kleine Schachteln und Verpackungen, um zumindest einen Anschein von Überfülle zu besitzen. So lag eine kleine Plastiktüte prall mit Stummeln gefüllt auf dem bereits recycelten Tabak in der Dose.

Nelson rauchte nicht, er war Kalifornier, und Fischkorn sah es als Zeichen der Freundschaft, dass er ihm trotzdem bei der schmutzigen Arbeit half. Als Erstes wurde die verkohlte Tabakkruste von dem Zigarettenrest gekratzt. Nelson benutzte dazu sein stählernes Taschenmesser, Fischkorn die eine Schneide der Papierschere, während er die andere wie einen Pistolengriff festhielt. Wenn es sich wie meist um den Stummel einer Filterzigarette handelte, wurde der weiße Papierfortsatz mit dem Tabak vom Filter abgetrennt, und Fischkorn freute es, wenn das dünne Zigarettenpapier dabei nicht zerriss und die glatte Schnittkante zutage kam; dann riss man das Papier doch auf und zupfte die Prise auf einem Blatt Papier auseinander.

Manchmal, wenn es darum ging, ob ein Tabakkrümel weggeworfen oder neuerlicher Nutzung zugeführt werden sollte, kam etwas von Diamantensortierern über die beiden Männer. Die Entscheidung hing ab von Farbton und Feuchtigkeit des Krümels, und sie wurde mit Würde und Ernst getroffen. Der wieder verwertbare Tabak wurde in den losen Deckel der Blechdose geschüttet und über einem Teelicht getrocknet, das, den Docht eigens zur Seite gebogen, mit breiter Flamme brannte. Nachdem er seine Medikamente genommen hatte, die in einer gelben Plastikdose auf dem Tisch lagen, ging Nelson wieder.

NELSON BRODERICK UND TONI FISCHKORN waren einander das erste Mal in einem Café am Flughafen begegnet. Fischkorn kannte dort einen Kellner, der darüber hinwegsah, wenn er nicht konsumierte, und manchmal saß er nur da und sah den Leuten zu, einer Gischt auf glänzender Fußbodenbrandung, die nach der Stadt hin schwemmte oder aus ihr fortkam.

Der Mann hatte sich an seinen Tisch gesetzt. Er hatte sich verflogen. Statt in Oslo war er nun in – wo? Danke, Mann. Nachdem Nelson sich vorgestellt hatte, hob er seine Kaffeetasse hoch, und beide sahen, dass sie schon ausgetrunken war, aber Nelson war so in Schwung, dass er nicht mehr aufhören konnte und also tat, als würde er einen letzten Schluck Kaffee in seinen Mund kippen.

Wenn Freundschaft beginnt, ist sie manchmal wie ein stiller Rausch. Fischkorn erzählte Nelson, was er noch niemandem erzählt hatte: dass er Butterkekse nicht mochte, wenn sie frisch und trocken waren. Erst, wenn man sie ein paar Tage offen herumliegen ließ und sie feucht und weich geworden waren, fand er sie gewissermaßen gereift und genießbar. Nelson ging es ganz genauso, nur dass ihm die Geduld fehlte. Stattdessen pflegte er die Ecken von Keksen feucht zu hauchen. Er pustete so lange an den Keksrand, bis er mürbe und weich war.

Fischkorn führte das Verbindliche weiter und erzählte von grünem Salat, wenn er einem Zustand beim Schach ähnelte, dem Patt: Salat in Essig und Öl, der nach ein oder zwei Tagen welk geworden war, aber noch nicht verdorben, die

Blätter schlaff wie nasses Heftpflaster – patten Salat mit frischem Knoblauch fand Fischkorn eine Köstlichkeit. Nelson stimmte in einem weiteren Sinn zu. Ich lebe von alten Sachen, sagte er. Als Junge hatte er gern Klebefilmstreifen gelutscht, ein reizvoll bitterer Geschmack. Nach einer Weile begann der Klebefilm sich abzulösen, man spuckte ihn aus, und den weichen, ungummierten Streifen ließ man dann im Mund kreisen wie in einer Waschmaschine und biss irgendwann zu.

Fischkorn bot Nelson seine Hilfe an, und der neue Freund nahm seine fassgroße Stofftasche. Nelson fand es in Ordnung, dass sie zu Fuß gingen. Er war auf eine athletische Weise wach. An einem Brückengeländer machte er Fischkorn darauf aufmerksam, dass alle Blüten in dem schmiedeeisernen Rankenwerk dem Fluss zugewandt waren. An den Augen erkannte Fischkorn den Jäger zuerst. In einem Autodunkelblau am Straßenrand schliefen ein Mann und eine Frau, jeder in seinem Sitz auf die linke Seite gedreht. Ein menschliches Anführungszeichen, sagte Fischkorn, aber Nelson schüttelte den Kopf.

In der Kellerwohnung angekommen, kochte Fischkorn Kaffee, und Nelson verlangte, da er es für ein Entgegenkommen hielt, Milch; später vertraute er Fischkorn an, er sei davon ausgegangen, dass Europäer Kaffee ausschließlich mit Milch trinken. Die meisten von uns leben in Burgruinen, sagte Fischkorn, einmal die Woche steigen sie mit Körben auf dem Rücken ins Tal, um auf dem Markt Strom zu kaufen.

Fischkorn, der niemals Milch in seinen Kaffee nahm, fand in dem Schrank unter der Spüle Tubenmilch aus dem Jahr 1973. Die Datumsprägung hatte er nachgesehen, als das aus der Tube kriechende Milchwürstchen in dem Kaffee zu wolligen, bläulichen Flocken zerfiel. Nelson erzählte von einer Party bei Freunden in den Vereinigten Staaten. Ein großes Haus mit Garten, Männer am Grill, vergnügte Frauen. Nach einer Weile hatte sich auf einer Veranda hinter dem Haus im Windschatten der Nachmittagsleichtigkeit eine Gruppe schweigender Männer eingefunden; sie schwiegen, und dann gingen sie schweigend auseinander. Vietnamveteranen, sagte Nelson.

Kriegslos zu leben: Manchmal erwachte in Fischkorn das taube Wissen davon in ein Glücksgefühl; zugleich schien, keinen Krieg miterlebt zu haben, eine rätselhafte Sehnsucht nach Verhängnis zu wecken. Von Jannika hatte er zwei Bücher geliehen, ein Sachbuch über die Geschichte der Welt und einen Band von Georges Simenon, über dessen Fußschnitt ein dicker, blauer Filzstiftstrich gezogen war. In einer Erzählung behauptete P'tit Louis, ein Kleinkrimineller, irrtümlich einen Wiener Arzt getötet zu haben: »Ich glaube, ich bin einfach wegen der Kälte an den Abzug geraten.« Da war ihm der Mann eingefallen, der Fremde, der in der Hitze an den Abzug geraten war – Mersault, im Mittagsglast am Strand von Algier, wie ihn eine Messerklinge blendet und er einen Araber erschießt. Die Geschichte von Simenon war deutlich blasser als die von Camus, und während er sie gelesen hatte, war ihm etwas Namenloses daraus zugeflogen; nun zeigte es sich als eine Blässe, die über seiner ganzen Erfahrung zu liegen schien.

Der Spätnachmittag glühte. Durch die Plastikbespannung des Fensters fielen Federn aus Licht auf den Tisch, und Fischkorn schob die Milchtube, wie um sie aus einer Wärme zu nehmen, in den langen Schatten einer Fenstersprosse. Er wollte vom Töten sprechen, brachte es aber nicht über sich. Es war, als sollte er einen sterbenden Freund fotografieren.

Er hatte noch nie ein Säugetier getötet, nur Insekten und Fische. Ein Onkel hatte ihn als Kind zum Angeln mitgenommen, das Töten hatte sich dabei als unerwartete Notwendigkeit eingestellt. Der Onkel zeigte ihm, wie man den Fisch mit dem Kopf auf die Bretter des Anlegers schlug und der Fischleib sich bewegte wie eine Hand, die einem nassen, grauen Handschuh zu entkommen suchte. Das Erste, was Nelson dann von der Jagd erzählte, war die Geschichte einer Frau, die zunehmend Mitleid spürte, wenn ein Tier von ihrer Hand starb. Sie jagte seit zwanzig Jahren, und je länger, desto mehr Mühe hatte sie mit dem Töten.

JANNIKA HATTE SIE EINGELADEN, und als sie vor dem Konzerthaus aus dem Taxi stieg, sah es für einen Moment aus, als habe sich das Licht des Tages in ihr Haar zurückgezogen, wie ein Vogelschwarm sich in einen Baum zur Nacht begibt. Sie trug ein blaues, schulterfreies Kleid, ein Tuch darüber, sie war im Überschwang und ihr war kalt. Fischkorn war in zerknittertem Schwarz erschienen und Nelson, in Straßenkleidung, hatte seine große Tasche bei sich.

An der Decke des Konzertsaals waren in die Stuckkassetten Blumenkränze, geflügelte Pferde und eine Gruppe von Menschen gemalt, die sich etwas Unerkennbarem zuwandten. Während Nelson die mit Blattgold belegten Logenbrüstungen und den verwaschenen roten Samt des Parkettgestühls betrachtete, versuchte Fischkorn, sich Staub von der Hose zu wischen, gefolgt von einer Bewegung, als habe er unabsichtlich ein zartes Tier verletzt. Es war ein Lichtstreif.

Sie hatten Karten für zwei Plätze nebeneinander und einen etwas entfernten Platz. Jannika entschied sich für den einzelnen Sitz, Fischkorn schien das passend. Sie waren ihr bereits beim Aussteigen aus dem Taxi kaum behilflich gewesen, aus neuer Höflichkeit wurden Formen alter Höflichkeit nicht mehr angewendet.

Zwei Derwische traten auf die Seiten der Bühne. Es waren große Männer, und sie nahmen ihre dünnen schwarzen Mäntel um ihre weißen Kleider ab und legten sie dabei so in die Luft, dass der Stoff in Wellen floss und dann auf dem Boden in seiner eigenen Dunkelheit versank. Fischkorns Bewunderung, dass den Derwischen nicht schwindelte, während sie sich drehten, war eine westliche; sie galt dem Zentrifugierten, Astronautentrainierten. Diese Männer aber baten den Himmel zu sich herab. Das Berührende an dem Tanz war, wie sie ihre Arme aus der Verschränkung hoben und sich in strenger, ratlos zärtlicher Hinwendung an Höheres weiterdrehten.

Ein Ton schwirrte bauschig um eine imaginäre Achse, hielt an, dahinter eine rauhe Fläche, die in zinnglänzender Weite verschwand, eine Bewegung wie von Flammen, nur trockener, kühler, der Ton klang aus.

Es gab *Die Entführung aus dem Serail*, und während das Spiel auf der Bühne vor sich ging, fühlte Fischkorn, wie die Zuneigung von zwei der Figuren über das Dargestellte hinauswuchs. Konstanze und Belmonte hatten als Bühnenliebespaar begonnen, aber nach einer Weile ließ ihn der Eindruck nicht mehr los, dass der Tenor und die Sopranistin nun auch tatsächlich miteinander ins Flirten gekommen waren, ein weiteres Spiel, das mit kleinen Bewegungen im Schatten der vorgeführten Gesten anfing, Blicke begegneten einander mit dem Klang dünnwandiger Gläser, dann ein erstes Lächeln, das überlief aus der Rolle in die Realität. *Oh wie ängstlich, oh wie feurig klopft mein liebevolles Herz!*

Der Saal war überheizt, und die Frauen im Publikum spielten, indem sie sich mit Programmheften Luft zufächelten, Stille Post mit Parfums. Als ihn aus der Entfernung eine Flüchtigkeit von Jannikas Duft erreichte, konnte Fischkorn fast ihre Hautwärme spüren und stellte fest, dass er sie liebte. Er schaute zu ihr, und ihre Blicke trafen sich; mit einer winzigen Kopfneigung deutete sie Verzückung an.

Nelson fasste die Aufführung anerkennend zusammen, indem er sie mit einem Footballspiel verglich, ziemliches Hin und Her, sagte er, und man weiß oft nicht, wo der Ball ist. Sie verließen das Konzerthaus, und Nelson nahm Jannikas Tuch, er gab ihr dafür aus seiner Tasche eine Jacke aus lichtgrauem weichen Nerz. Er erzählte, dass er sich nicht mehr an das Gesicht seiner Mutter erinnern könne, nur noch an ihren Hund, der Mozart hieß.

Später saßen sie in einer Bar, in der alles, Möbel, Bilder, Speisekarten, abgerundete Ecken hatte. Jannika trank schnell, und sie blieb dann, obwohl sie alle weitertranken, in einem unveränderlichen Maß berauscht. Sie begehrte gegen etwas auf, das zu groß war für eine kleine Bar, und es machte Fischkorn wütend, dass ihre Trunkenheit sich nicht mit seiner zu einer fügte. Jannika war nicht bereit, ihm entgegenzukommen, bis auf einen Moment, in dem sie einander plötzlich auf dem schneeweißen Tischtuch die Hände hielten. Sie neckten sich nicht, sie stritten; Nelson redete nun vor allem mit ihnen, um sie davon abzuhalten, dass sie miteinander redeten.

Auf der anderen Straßenseite war ein neues, schönes Lokal. Immer wieder blieben Gruppen und Einzelne vor den großen Fensterscheiben stehen und schauten in den Raum, der so unbelebt war, dass die offenen Flammen der Kerzen auf den polierten Holztischen vollkommen bewegungslos brannten. Wie an die Fliesen geschmiedet lehnte ein Angestellter an der Bar. Niemand betrat das Lokal. Jeder, der hineinsah, konnte die Tragödie spüren, die sich anbahnte; mehr konnte Abendunterhaltung schwerlich bieten.

NELSON WAR ANALPHABET. Ihre Freundschaft gewann, als er Fischkorn einmal nach der Bedeutung von etwas auf einer aufgeschlagenen Buchseite fragte. Er zeigte mit dem Finger auf den unteren Rand der Seite, was das sei.

»Eine Fußnote«, sagte Fischkorn. »Das ist eine Fußnote.«

Er sprach von den in Jahrhunderten perfektionierten Organisationsformen für Buchstaben. Nelson sah Fußnoten als Raststätte, man fuhr kurz ran und zurück auf die Highwayzeile, aber Fischkorn wies darauf hin, dass die mehrspurigen Highways eher Notenzeilen waren, auf denen es Dinge wie nebeneinander fahrende Autos gab. Er erzählte Nelson von einem Cellisten, der viel von Musik und wenig von Aufnahmetechnik verstand und zusammen mit einem Tontechniker eine Orchesteraufnahme sendefertig machen sollte, in einer alten Zeit. Nach der Vorstellung des Cellisten waren die Töne auf einem Tonband genau wie auf einer Notenzeile aufgezeichnet, die hohen Töne oben, die tiefen unten, und als an einer Stelle der Aufnahme Tiefen zu sehr vorkamen, schlug er vor, einen dünnen Streifen vom unteren Rand des Bands abzuschneiden.

Nelson hatte ein transplantiertes Herz. In den neunziger Jahren des letzten Jahrhunderts hatte er ein Vermögen mit Computerschrott gemacht, erst mit dem Gold aus Rechnerbruch. Jeder Kontakt eines Transistors, jedes Chip-Beinchen war mit einer dünnen Schicht Gold überzogen. Und Schrotthandel war ein Bargeldgeschäft, keine Papiere zu lesen, nichts zu unterschreiben. Später suchte er sich Leute, die ihm halfen, sein Schrott-Imperium an die Börse zu bringen. Auf der Suche nach Investoren war er das erste Mal nach Europa gekommen, und eine norwegische Firma hatte ihm, um eine Aktientranche zugeschanzt zu bekommen, einen Jagdausflug geschenkt, den er immer noch nicht angetreten hatte. Während Abschwung und Umweltschutzbestimmungen sein Unternehmen dann in die Pleite trieben, konnte er sich gerade noch die teure Krankenversicherung leisten, die ihm die Herztransplantation bezahlte.

Sein Transplanteur erzählte ihm später, dass er während der Operation, die etwa sechs Stunden gedauert hatte, ans Telefon gerufen worden war und jemand von der Versicherung versucht hatte, ihn unter Druck zu setzen und das Spenderherz, das bereits in einer Schale neben dem Operationstisch schwamm, einem anderen, ob nun gesundheitlich oder finanziell gefestigteren Versicherungsnehmer, zukommen zu lassen, der eine halbe Learjet-Flugstunde entfernt bereits mit rasierter Brust auf seine Chance wartete. Drei Jahre nach der Operation hatte Nelson sich nun nicht nur erholt und dem eisernen Rhythmus der Medikamente unterworfen. Er wollte zur Jagd. All das Gerede von Zukunft, sagte Nelson. Es gibt nur die Gegenwart.

Einem Arbeitskollegen Fischkorns, das erzählte er nun, der sich mit Aktienkäufen auf Jahre verschuldet hatte, war als einziges Andenken an die Zeit der Träume eine exorbitant teure Musikanlage geblieben. An ihr hatte er erst versucht, seine Veranlagung, einem solchen Gerät überempfindlich zuzuhören, weiter auszubilden. Zog eine Box im Tieftonbereich nicht hundertprozentig auf den Punkt oder meldeten Hochtonpassagen ihre Präsenz eine Spur zu vorwitzig, wand er sich gequält. Er meinte zu hören, ob ein Tonträger bereits öfter als einmal abgespielt worden war und damit seine Unschuld und Integrität verloren hatte. Er konnte Musik nicht mehr hören, nur noch erleiden. Inzwischen nahm er die Klangfeinheiten, die seine Anlage wiedergab, jedoch kaum noch wahr. Der jahrelange Lärm an den Maschinen hatte ihn halb taub gemacht.

Gespräche, die man an den Maschinen führte, waren kurz. Man musste seinem Gesprächspartner ins Ohr schreien und wurde schnell heiser. Du machst dir keine Vorstellung, sagte Fischkorn leise zu Nelson, wie Ohren unterschiedlich riechen können. Als der Börsenboom begann, hatte die Zeichensprache der Männer in den Maschinenhallen sich zu verändern begonnen. Im Lauf von Generationen hatten die Arbeiter einen Satz knapper Gesten entwickelt, um lautlos durch den monströsen Lärm zu sprechen. Ein schlichtes *Kopf ab*, mit dem Finger angedeutet, hieß: *reicht;* oder: *Ich geh nach Haus;* oder: *Arbeit erledigt*. Eine Schwimmbewegung hieß: *zu viel Wasser, Papier suppt*. Dann kamen, immer ausführlicher im Fernsehen zu beobachten, die Gesten, mit denen sich die Händler auf dem Parkett der amerikanischen Terminbörsen verständigten, spielerisch und erst ironisch, dann eitel, begannen sie die alten Handworte in den Maschinenhallen zu verformen, statt *reicht* hieß es beispielsweise *order cancelled*, nun war es die ganze Hand, die den Kopf vom Hals trennte.

Da saßen sie nun in der kleinen Küche, und Fischkorn las Nelson aus einem Brief vor, den Hemingway an seinen Freund Scott Fitzgerald geschrieben hatte, um ihn aus seiner Melancholie zu befreien. Er las Nelson manchmal aus Büchern oder einer Zeitung vor, nicht um ihm etwas beizubringen, sondern um an seiner ungewöhnlichen Wachheit Anteil zu nehmen. Hemingway schlug Fitzgerald vor, nach Kuba zu fliegen, er werde ihn am Flugplatz treffen, und alles Nötige werde vorbereitet sein, ihn von einem Nigger-Revolutionär abschlachten zu lassen. Man werde Fitzgeralds Herz herausschneiden und an das Hotel Plaza in New York schicken, die Leber an die Präparatesammlung der Universität Princeton und seine Lungen an ihren gemeinsamen Verleger. Der übrige Leichnam sollte in Südfrankreich ins Meer geworfen und zuvor in einem Kreis Nahestehender ein Requiem auf den Klippen gehalten werden. Hemingway versprach dazu eine Ode zu verfassen, die hieß: »Zeilen, bei der Versenkung von Fitzgeralds Eiern vom Eden Roe aus ins Meer zu verlesen«.

In der Wohnung über ihnen drehte jemand kurz einen Wasserhahn auf, ein Geräusch, wie wenn man einen Flammenschub in einen Fesselballon hochfeuerte, und Fischkorn stellte sich vor, wie der Nachbar mitsamt dem Erdgeschoss in seiner Küche notlandete.

TONI FISCHKORN WAR nicht ohne Ambitionen, aber als er einmal zu einer Fortbildung erschienen war, sollte jeder Teilnehmer sich als Erstes einen Namen und einen Beruf aussuchen, und der Mann, der vor Fischkorn dran war, nannte genau den Namen und den Beruf, den er für sich ausgesucht hatte, und Fischkorn stand bestürzt auf und ging und beschloss, nie mehr wiederzukommen.

So war er seit langem als Gelegenheitsarbeiter in der Papierfabrik beschäftigt, manchmal nur für ein paar Tage, zu den Urlaubszeiten für Wochen. Wenn er sich zu frei von Geld fühlte, fragte er an der Portierloge neben dem Fabriktor, die nach Rost und Schiefer roch, ob es sich lohne, in das Personalbüro oder die Halle zu den Maschinenführern zu gehen. Wie bei seiner Bettdecke nahm auch hier eine Unannehmlichkeit langsam zu: die Zeiten, in denen er nicht gebraucht wurde.

Auf dem Weg über das Fabrikgelände verwandelte sich das selbstverständliche Gefühl, im Freien zu sein, in etwas wie Pressluft in der Stahlflasche auf dem Rücken eines Tauchers. Hoch über den Oberlichtern der Halle drehte sich ein Segelflugzeug ins Licht und erglänzte. Fischkorn betrat das Gebäude wie durch eine Kulisse, indem er zuerst einen Trakt aus leisen, sauberen Gängen durchquerte, hinter dem Rieselglas der Bürotüren war manchmal Bewegung auszumachen. Durch eine Tür, auf der eine Warnung angebracht war, trat er dann auf eine asfaltierte Straße im Inneren.

Es roch dumpf und süß nach sehr viel Papier, die von

vorbeistreifenden Staplern über die Wände geschürften Striche hatten sich in dem dunkelgrauen Ölanstrich zum Schichtenschnitt durch ein Erdzeitalter zusammengedrängt, und aus der Entfernung war der urzeitliche, zu einer Gleichförmigkeit zivilisierte Lärm der Maschinen zu hören, der bereits hier immens war. Während er tiefer in den Lärm ging, stieg davon hilfloser Jubel in ihm auf, dass er an etwas Grandiosem teilnahm.

Die gänzlich unbeliebten Arbeitsplätze befanden sich im untersten der über mehrere Stockwerke aufragenden Decks der Maschine. Hier lagen unter vertrackt geordneten Rohrleitungsbündeln, die ab und zu von rotlackierten Handrädern unterbrochen wurden, lange Ölpfützen, an deren Rändern Papierstaub eine mattschwarze Borte wachsen ließ. In einem drei Meter durchmessenden Loch im Betonboden rülpste und würgte ein weißer Strudel. An einem dünnen Geländer am Rand lehnte ein Mann, der Fischkorn nicht ansah und ihm damit zu erkennen gab, dass er ihn kannte, und Fischkorn erwiderte den Gruß, indem er sich auch an das Geländer lehnte. Niemand lehnte sich an dieses Geländer, um auszuruhen, bereits nach Sekunden war man zerschüttelt.

Wie vom Boden stählerner Gletscherspalten aus konnte Fischkorn hoch hinaufsehen in die Maschine. Durch die tosenden Strecken über ihnen lief unablässig eine meterbreite Papierbahn, die auf einer Plattform am Ende an einer schenkeldicken Stahlachse zu einer Rolle auflief. War eine Rolle fertig, zog einer der Männer auf der Plattform im Vorbeigehen einen Schnitt über ihre ganze Länge und ließ die obersten Papierschichten wie Walschwarten nach unten gleiten, wo Fischkorn und der andere an dem Strudel standen. Oft musste eine Rolle erst zentimetertief abgeschält werden, ehe die Männer sie an den Kran fortgaben, und unten begannen sich ineinander verkantete Papierbahnen in der Größe von Straßenstücken zu stapeln. Die Arbeit.

Was da von der Rolle abgeschnitten werden musste, war die Folge zartester Schwankungen in der Spannung, mit der die Papierbahn glatt auflief. Schon die geringste Störung am Kern der Rolle nahm mit jeder weiteren Lage Papier so weit zu, dass ihre Oberfläche schließlich von tiefen Falten und Kanellierungen durchzogen war.

Fischkorn und sein Kollege hoben, schoben, drängten, drückten und traten die riesigen Placken über das Geländer in die Papiermühle, deren Messergeäst den weißen Strudel in Gang hielt. Es gibt kaum etwas Unhandlicheres als einen Stapel Papier im Format vieler mal noch mehr Meter. Bereits der Versuch, ihn ein Stück anzuheben, führte zu den ersten Schnittwunden.

Die Maschine war zu groß, um einfach ausgeschaltet zu werden, und wenn das Papier beim Durchfahren der Maschine riss, lief die Bahn nach unten ab, während Spezialisten mit Druckluftschläuchen bereits darangingen, einen Streifen zwischen den unablässig rotierenden Walzen neu einzufädeln, und sich unten neben dem Strudel in kuchenteigweichen Schleifenschwüngen ein Papiergebirge auftürmte. Fischkorn bewegte die scharfkantigen, sperrigen Papierteppiche und schnitt sich, jedes Mal ein klingendünnes Sektperlen in der Haut, dann wurde der Schnitt sichtbar, winzige Blutfahnen daran. Nach einer Zeit sammelten sich die lästigen Verwundungen zu einem animalischen Zorn, und das Ungemach mit den Papierschollen verwandelte sich in den Kampf gegen ein Tier, einen Rochen; es war ein wenig wie durch Eis in weißes Wasser einzubrechen.

Als Fischkorn auf dem Nachhauseweg über ein Pflaster aus kleinen Kopfsteinen ging, begann das Muster der Fugen sich zu bewegen wie die Oberfläche einer glatten Pfütze, auf die ein Blatt gefallen war. Er nahm den Blick zurück ins Unscharfe, um zu sehen, wie die Steine sich regten. Es hatte geregnet, die Luft war glasklar, und die Unterseiten der Wolken schimmerten wie Messing. In den obersten Fensterreihen eines langen, monolithischen Hochhauses spiegelte sich das blaue Vorleuchten des Sonnenaufgangs in seinem Rücken.

Vor ihm ging eine Art Schönheit in Sneakers, die in unwilliger Eile eine ungewöhnlich lange Zigarette rauchte; ihr gefleckter Hund exponierte sich. Während sie an einem Straßenübergang warteten, kam eine dünne Frau mit praktischen Haaren dazu, die statt auf das Ampellicht nur auf die Frau neben ihr schaute und nicht losging, als es grün wurde, sondern als die Frau mit dem Hund losging.

An dem Ampelmast flatterten die Reste von abgeerntetem Handzettelbesatz, dahinter klebten an der staubigen Scheibe eines der vielen leeren Läden in der Straße zwei leuchtfarbige Plakate. *Neueröffnung*, stand auf dem einen, auf dem anderen *Zu vermieten*. In den dunklen Innenräumen der geparkten Autos sah Fischkorn die Stille in einer Mehrzahl, für die es noch kein Wort gibt. Groß und wurzellos die metallenen Knospen, was wuchs in ihnen heran? Wann blühten die Wagen, wie würde es sein?

NELSON HATTE FISCHKORN, um sich ein wenig für die Gastfreundschaft zu revanchieren, einen Job als Printer bei Jannika verschafft. Jannika hatte einen Computer, aber keinen Drucker, und Nelson eine E-Mail-Adresse, aber keine Möglichkeit, zu lesen oder zumindest vorweisen zu können, was man ihm an Nachrichten hatte zukommen lassen. Also engagierte er Fischkorn, ihm vom Bildschirm vorzulesen und Nachrichten, damit er sie mitnehmen konnte, wohl, um sie jemandem mitzubringen, auf Papier abzuschreiben.

Fischkorn schrieb gern. Lieber hätte er gezeichnet, aber zum Zeichnen fehlte ihm der Mut auszuholen, und zum Malen die Verwandtschaft mit den Formen und Farben. Er schrieb nichts Eigenes, Fischkorn malte gern Buchstaben, manchmal mit Bleistift, meist mit Füllfeder. Er saß in seiner Küche und schrieb Seiten aus Büchern ab, die er sich ausborgte. Mit Kugelschreiber machte er immer erst eine Schreibprobe am Rand einer Zeitungsseite, ob er eventuell eingetrocknet war oder einen verklebten Anstrich hatte, was gut möglich war, da er nicht oft kugelschrieb.

Am liebsten war ihm die Füllfeder. Er freute sich an dem kurz aufleuchtenden Glanz der Tinte, ehe er unter dem jeweils jüngsten Wort im Papier versank. Es begann frisch und feucht, wie ein Gedanke, dann trocknete es, und dann bedeutete es etwas. So wie es manchmal mit Werbefotos war, auf denen eine Schönheit nur aus einer ganz bestimmten Entfernung Bestand hat, mochte er seinen schön geschriebenen Zeilen aber nicht zu nah kommen.

Jannika trug ihr Haar wie einen kleinen Bruder, den sie widerwillig überallhin mitnehmen musste. Ein Auto fuhr in den Hof, auf den das hohe Zimmer hinausführte, und an der Wand neben Jannika erschienen die Schatten der Dinge auf dem Tisch. Im Vorbeischwenken leuchtete das Scheinwerferlicht, mit ihm die Schatten darin, auf, sie bewegten sich wie in einer Bö. Fischkorn schrieb, und als ihn der übrig gebliebene Schatten der Füllfeder auf dem hellen Papier störte, zog er sich damit in den großen Schatten der Teekanne zurück. Nelson, dem Fischkorn gezeigt hatte, wie man löscht, drückte sorgsam wie ein Kind ein Löschblatt auf jede Seite, die Fischkorn zu Ende beschrieben hatte. Jannikas rote Katze setzte sich ihnen gegenüber auf einen Stuhl. Da waren sie nun.

Fischkorn roch an Jannika, die es geschehen ließ, und er schwärmte vom Zedernholzgeruch frisch gespitzter Bleistifte. Nur der Geruch! Kein guter Schreiber braucht einen Bleistift anzuspitzen, er dreht die Mine so, dass das Schreiben selbst den Bleistift spitzt. Jannika schenkte Fischkorn einen Anspitzer, der in einem gelben Plastikpuck steckte, und einen ziegelroten Radiergummi mit Butterkremschicht in der Mitte. Seinen großen, eisernen Spitzer hatte er Nelson geborgt, der damit gegen den verzinkten Laternenpfahl vor dem Haus schlagen und ihm im Keller signalisieren konnte, dass er den Haustürschlüssel durch die Luke auf den Gehsteig gereicht haben wollte.

Es sah aus, als habe jemand Licht vor dem Computer verschüttet. Das kühle Leuchten weckte in Fischkorn eine Klarheit wie nach einem Regen. Es gab eine Klarheit ohne Worte, ein stilles Bewusstsein der Lage, das nichts verkennt. Ah, die Stille. Aber das Vermeintliche ist stets gefährlich.

Jannika feuchtete ihren Finger an und ließ ihn über den Bildschirm quietschen. Für einen Augenblick fühlte Fischkorn sich am Fenster wie in einem Eisenbahnabteil und erwartete die Abfahrt des gegenüberliegenden Fassadenzugs. Die Stille war in Lüfterrauschen und das zierliche Ziepen der Festplatte gefasst, während dagegen die Stille in seiner Küchenwand etwas von wohltuender Kühle im Sommer hatte, wenn sich der Unterschied zwischen drinnen und draußen verlor und Millionen Grenzen in einem Augenblick vergingen.

Es waren nicht viele Nachrichten, die Nelson von immer demselben Absender erhalten hatte; ob es sich um einen Mann oder eine Frau handelte, war der selbst gewählten Bezeichnung nicht zu entnehmen. Zwei der Mails waren wissenschaftlicher Natur. Es ging, nun ja: um überhaupt alles; die Beschaffenheit des Universums, wie Kosmologen die Dinge betrachten. Es schien etwas Neues von Bedeutung zu geben.

»Interessierst du dich dafür?«, fragte Fischkorn.

»Tut doch jeder«, sagte Nelson.

Die weiteren Nachrichten behandelten intime Eigenarten von jemandem, über dessen Leben Nelson in Einzelheiten unterrichtet wurde. Obwohl Fischkorn die ungewöhnliche Mischung etwas verunsicherte, war er bald sicher, es mit einer einzigen Person zu tun zu haben. Nur von den intimen Dingen verlangte Nelson Abschriften.

»Und dafür?«, fragte Jannika.

»Interessiert sich auch jeder«, sagte Nelson.

In einer der Nachrichten war beschrieben, wie die Person ein Möbelstück, eine Art Thron, aus tausenden getrockneter Hühnerknochen und einem kostbaren Teil aus einer wissenschaftlichen Einrichtung gebaut und seine Geliebte darauf gefesselt hatte; in einer anderen, dass hunderte von Zeitschriften und Fotos in der Wohnung der Person gesammelt und auf jedem Bild, das eine Frau zeigte, die Augen sorgfältig übermalt worden waren, sodass es aussah, als schliefe sie.

Eine Ascheflocke landete auf dem Papier vor Fischkorn, ganz leicht. Während sie redeten, nahm Jannika mit lasziver Beiläufigkeit ihre Ohrclips ab und ließ sie dann, wie um zu würfeln, in der hohlen Hand rollen.

NEBEN DER MUSIK aus der Küchenwand hatte Fischkorn eine weitere merkwürdige Art gefunden, Musik zu hören. Der Arbeitsplatz, den man ihm zuteilte, wenn er in der Schicht zuvor nicht verspätet zur Ablöse gekommen war, lag zwischen zwei der Papiermaschinen auf einem Deck in etwa drei Stock Höhe. Von lichtgrünen Kontrollpulten aus, die in der Mitte einer gekachelten Ebene die verschiedenen Phasen des Papierwerdens entlang aufgestellt waren, wurde die gewaltige Gerätschaft gefahren.

An einem der Pulte am Anfang der Maschine stand Fischkorn und wartete, ob die Papierbahn riss, acht Stunden lang. Er konnte von seinem Platz aus sehen, wie leuchtend weißer Papierbrei auf einem umlaufenden Langnetz heranfuhr und Saugerkaskaden darunter das Wasser abzogen. Wo das Netz wendete, lief Wange an Wange eine weitere Walze, von der die feuchte, zarte Bahn aufgenommen und in Welten aus weiteren Walzen fortgezogen wurde. An dieser Stelle der Maschine wurde aus dem Brei aus Fasern, dem *Stoff*, ein Blatt Papier, und das Blatt blieb so lange unendlich lang, wie es nicht durchriss.

Nichts schnitt ihm hier die Haut blutig, aber Fischkorn langweilte sich halb zu Tode. Der Kollege und er, meist Rücken an Rücken standen sie jeder vor der ihm zugewiesenen Maschine, tauschten manchmal während einer Schicht nicht mehr als die Begrüßungs- und die Verabschiedungsgeste aus. Oft sah einer den anderen eine Armlänge entfernt zum Platzen gefüllt mit dem Bedürfnis zu sprechen, aber alles, was kam, war ein Wink, erfüllt von Resignation, Härte und dem Höchstmaß an Freundlichkeit, das in einer solchen Winzigkeit unterzubringen war.

Der Lärm war infernalisch, und als er vor ein paar Tagen aus einer unerklärlichen Regung eine Zeit lang den Mund geöffnet hielt, war ihm gewesen, als sei ihm eine dicke Fliege hineingeflogen. Nach einer Weile verstand er, dass das Brummen ein Destillat aus dem Lärm der Maschine war. Solange nicht ein Kollege anzeigte, dass er ihm ins Ohr schreien wollte, trug Fischkorn blaue Kopfhörer und darunter eine gelbe Masse im Ohr, die aufquoll, nachdem man sie sich in den Gehörgang gestopft hatte. Das Infernalische an dem Lärm blieb, nur dass es nun schien, als sei er ein paar Schritte zurückgetreten, und Fischkorn bemerkte, dass der Lärm nicht mehr nur durch die Ohren, sondern durch den ganzen Körper in ihn eindrang.

Indem er den Mund unterschiedlich weit öffnete oder schloss, lernte er das Brummen in der Tonhöhe zu variieren und schließlich einfache Melodien darauf zu spielen. Die Maschine versuchte, ihn zu ihrem Instrument zu machen, seine Knochen schwangen wie Saiten, der Schädel wie ein Mandolinenkorpus, und schließlich war doch er es, der spielte und aus dem ungeheuren Lärm ein stilles Übertönen schöpfte. Es war, als hätte die Stille des Fleischs den Lärm bezwungen zu dieser Musik.

DA FISCHKORN KEIN Geld hatte, ging er Genüssen nach, die nichts kosteten. Gern spazierte er. Er ging durch die Straßen der Stadt und schaute, und als er mit Jannika spazierte, sprach er davon. Sie erzählte von dem erotischen Anhauch zu wissen, dass alle Überwachungskameras in einem Kaufhaus auf sie gerichtet waren, wenn sie manchmal der Lust nachgab, gesehen zu werden, und sich absichtlich umschaute, als wolle sie etwas stehlen, und wie sie in Marokko einmal in der Mittagshitze eine Dorfstraße langgeschritten war, das Haar geöffnet zu einem Skandal, und wusste, dass alle Männer des Dorfs sie sahen, kleine Fenster, dunkel vor Augen.

Über einer Brücke drehte eine Elster bei. Eine alte Dame, einen schwarzen Stock mit Silbergriff an der Seite, saß versunken, mit übereinander geschlagenen Beinen auf einer Bank in der Kälte. Neben ihr hingen Tollkirschen in einem Strauch. Hinter ihr an der Ufermauer des Kanals war ein junges Paar mit Wirklichkeitskontrollen befasst. Die Frau hielt ihr Mobiltelefon in das Schwappen der Wellen hinunter, und ob der Gesprächspartner es auch gehört habe. Der Mann blätterte in einer Broschüre für Touristen und überprüfte, ob die Eintragungen mit den Tatsachen übereinstimmten. Ein nicht verzeichnetes Blesshuhn schaukelte vor ihm durch die Glanzschwünge des Lichts auf dem grauen Wasser.

Jannika schaute auf die Uhr, ehe sie vorschlug, in ihrer Wohnung Tee oder Kaffee zu trinken. In der Wärme ermüdete dann etwas in Fischkorn, er sah nur noch einen Hauch Rouge oder Aufregung oder Erinnerung an die

Herbstkühle draußen auf ihren Wangen, und an ihren Ohren glitzerten Tropfen aus geschliffenem Stein. Sie schenkte ihm nach der Eintrittskarte nun auch ihr Programmheft aus dem Konzerthaus. Fischkorn freute ein kaum lesbar klein gedruckter Hinweis, es handle sich um Büttenpapier, das tatsächlich *Programmpapier* hieß und wegen seiner Geräuscharmut vorzüglich für den Gebrauch im Theater oder der Oper geeignet sei.

Er lehnte an der Glasscheibe eines Fensters, und Jannika erzählte ihm, wie sie sich einmal in einem Badezimmerspiegel geküsst hatte, und von dem klaren Geschmack nach Glas. Fischkorn fühlte sich ihr verbunden und dachte doch auch darüber nach, ob es vielleicht ein Missverständnis war.

Jannika überlegte, ob sie gut genug aussah, um sich bei einer Antikriegsdemonstration nackt auszuziehen. Kann ich dir sagen, sagte Fischkorn. Sie schliefen miteinander, Augenblicke gieriger Nähe. Mit Jannika an einem Fluss sitzen und an das Meer denken, so fühlte er sich, sehnsüchtig, eine ferne Musik schlug zusammen über den Körpern wie eine unsichtbare Falle. Man berührte etwas erst nur mit dem Blick, es leuchtete dann auf wie von einem Streichholz an der Grenzfläche von Haut und Verstand angerieben, so wurden die dümmsten Dinge wunderbar. Ich seh wirklich gut aus danach, sagte Jannika, da entgeht der Welt echt was. Fischkorn fand jedoch den Weg nicht in ihr Herz.

NELSON VERSCHAFFTE FISCHKORN noch einen weiteren Job: Er sollte sich für einen Kürschner Geschichten ausdenken, die dieser jeweils mit einem Pelzmantel oder einer Pelzjacke mitverkaufen konnte; Legenden, mit deren Hilfe Käufer sich auch Pelzfeinden gegenüber freisprechen konnten.

Fischkorn hatte Nelson zuvor zu einem Eckhaus mitgenommen, nicht weit von seinem Keller entfernt, in dem sich der Laden eines Kürschners befand, direkt daneben ein Laden für Tierbedarf. Die beiden Läden, Fischkorn hatte noch keinen jemals betreten, waren für ihn verschmolzen zu *einer* Angelegenheit. Er beschrieb Nelson den detailreichen, lebendigen Plan vom Inneren des Hauses, den er in seinem Kopf entworfen hatte und an dem er weiter konstruierte, wann immer er an den beiden Geschäften vorbeiging. Es gab darin versteckte Türen, Durchreichen hinter schrankhohen Aufbauten aus Katzenstreusäcken, geheime Vorräte an magischem Futter für tote Tiere und verschwörerische Treffen zwischen Menschen, denen man eigentlich nichts als Unversöhnlichkeit zugetraut hätte.

Am nächsten Tag hatte Nelson ihn dorthin mitgenommen, und zu Fischkorns Erstaunen betraten sie das Pelzgeschäft, nachdem Nelson an der Glastür geklopft und ihnen der Inhaber geöffnet hatte. Ein Zettel war innen an das Türglas geklebt: Nur nach Vereinbarung geöffnet.

Durch einen engen Hof ging es in die Werkstatt des Kürschners, und auf dem Weg erfuhr Fischkorn, dass Nelson die Nerzjacke ändern ließ, da sie Jannika noch nicht richtig passte, und dass er an den Kürschner für gutes Geld Geschichten verkaufen konnte. Fischkorn überlegte, dass Nelson ihn ohne weiteres für jemanden halten konnte, der Geschichten schrieb. Es schmeichelte ihm, beunruhigte ihn aber gleichzeitig ein wenig. Wenn er etwas schrieb, zumeist abschrieb, war das zwar nicht so bedrohlich wie der eine einzige Satz, den der verrückte Schriftsteller in *Shining* wochenlang wieder und wieder tippte, aber alles war doch eher gemalt als geschrieben.

Erstaunt sah Fischkorn sich nun Geschichten schreiben, auch wenn er gern im Schweigen der fremden Sätze in seiner Handschrift geblieben wäre. Noch am selben Tag setzte er sich mit einem geliehenen Zettel an den großen Tisch in der Werkstatt, auf dem gewöhnlich Schnittmusterbögen ausgebreitet wurden, und machte sich Notizen, während der Kürschner eine zuerst ins Allgemeine gehende Beschreibung der Frauen und ihrer Männer zu geben versuchte, die sich wohl für seine Ware interessieren würden. Dann nahm er die Nerzjacke von einer Kleiderstange und legte sie, als könne sie vollendet überzeugend für ihn und für sich selbst sprechen, Fischkorn vor.

Verglichen mit, beispielsweise, Zigarettenstummeln, wird ein Pelz nicht alt; zwei, drei Menschengenerationen vielleicht. Fischkorn wusste, dass der Zigarettenstummel zum Leitfossil der Zeit um die zweite Jahrtausendwende werden würde, es gab so unfassbar viele davon, und die Mischung aus Teer und Filterwatte mumifizierte sich quasi selbstständig. Zu den meisten der Jacken erzählte Fischkorn also eine Familiengeschichte und gab der künftigen Jackenbesitzerin ein paar bequeme Stellen zur Hand, an denen sie sich als Anverwandte und Erbin der Familie andocken konnte. Besonders gefielen dem Kürschner Geschichten, in denen wunderbare Großmütter vorkamen, die unter schwierigsten Umständen, Mann im Krieg, ein paar Kinder großgezogen hatten, denen die große Romanze in Gestalt eines verarmten russischen Adligen o. ä. begegnet war, die treu geblieben waren und als einziges Andenken an die Abenteuer des Herzens den Pelz bewahrt hatten.

Nelson war ein Mann, den die meisten auf den ersten Blick für ein ruhiges, schweigsames Wesen hielten. Wenn er von der Jagd erzählte, konnte man auch spüren, wie er hinter dem Erzählten kleiner wurde und in die Entfernung verschwand, bis nur noch die Geschichte sprach und Nelson still im Schnee an einem kleinen Feuer saß.

Auf der Jagd folgte er der Stille; war er aber unter Menschen, lief er über. Es war wie früher, als man die Innenseite eines Zelts bei Regen keinesfalls berühren durfte, da es sonst anfing durchzuregnen, und dann berührte man sie doch, eine kleine Unachtsamkeit, und es regnete unablässig durch. Nelson redete, als versetzte ihn das Schweigen Gottes in zunehmende Panik.

Er beschrieb die Jagd und ihren Fortgang, Ansitzen, Lauern, Schleichen, und den Moment, in dem dann nach Tagen die Dinge zusammendrängten. Das Tier verhoffte, wurde getötet. Fischkorn hörte die Stille, nicht den

Schuss. Blut lärmte auf den Schnee. Es ist, als wecke einen der Schuss auf aus einem langen Schlaf, sagte Nelson, und wenn du danebenschießt, wachst du auf in einem Alptraum. Nach Tagen das Tier, hoch im bläulich glitzernden Schnee, wo in die Stille in schwarzem Sinken Unendlichkeit herabschneit. Kann es einen schöneren Ort geben, fragte Nelson, an dem die Liebe so vollkommen abwesend ist?

AN DEM TAG, an dem er Jannika für lange Zeit das letzte Mal sah, mühte Fischkorn sich darum, es in seiner Kellerwohnung gemütlich zu machen, da sie ihn das erste Mal besuchen wollte.

Er versuchte, in dem kleinen Ofen Feuer zu machen, aber da waren keine Kohlen. Alles, was er an ernsthaft Verheizbarem hatte, war ein langes Brett, das Nelson mitgebracht hatte. Es war zu lang, um in den Ofen zu passen, und es war zu dick, dass man es einfach an die Wand hätte lehnen und durchtreten können. Aus Verzweiflung und weil es sein einziges Werkzeug war, versuchte er, das Brett mit der Papierschere durchzuschneiden. Nach einer halben Stunde war immer noch nicht viel mehr zu sehen als zwei Kerben in der Brettkante, und Fischkorn hörte auf. Schließlich öffnete er den Deckel des Ofens, stellte das Brett hinein, obwohl es zur Hälfte herausstand, und zündete unten mit Papier. Nach einer Weile schlugen die Flammen bis an die Zimmerdecke, und es wurde warm.

Jannika kam, aber nur kurz – um ihn abzuholen, man könne nachher zurückkommen. Fischkorn, dem ihr Wunsch Befehl war, blieb nichts anderes übrig, als schweren Herzens das Brett wieder zu löschen. In eine Markthalle gingen sie dann. Fischkorn sah Jannika vor der langen Vitrine einer Metzgereikoje in einer großen Pfütze aus Licht stehen, das von dem glänzenden Fleisch rot schimmerte. Die weißhaarige Verkäuferin mit dem immer freundlichen Gesicht seufzte, während sie Fettpapier mit Fleischscheiben auf die Waagebühne legte; kurze Rast in der ewigen Verstellung. Nebenan kaufte Jannika einen Bund Möhren. Mit dem Grün?, fragte die Marktfrau und drehte dann das gefiederprächtige Kraut mit einer Handbewegung und einem Geräusch von den Möhren ab, als würde einem Huhn der Hals umgedreht.

Zurück in der Wohnung, gelang es ihm, obwohl er nicht daran geglaubt hatte, das Brett nach kurzer Zeit wieder in Brand zu stecken. Bis der Rauch sich aus dem Zimmer verzog, ließ er Jannika an der Musik in seiner Küchenwand horchen, und dann an der Stille. Die Stille war der klarste Moment ihrer Gemeinsamkeit, zugleich der geheimnisvollste. Dann versuchte er, sie ganz zu verführen, nicht nur den Körper.

Er fächerte Farben auf vor der noblen Blässe der Zivilisation. Er zitterte vor Zorn, nicht die ganze Welt sein zu können für sie, nur ein kleiner Mensch unter den Sternen. Schenk mir einen Moment, dessentwegen ich einmal gelebt haben werde.

Jemand schnipste ein brennendes Streichholz in einen

Swimmingpool voller Äther, Leidenschaft. Fischkorn machte eine Fingerspitze nass und nahm damit ein Stück Zigarettenasche auf, das Jannika auf den Tisch gefallen war. Draußen auf der Straße hörte man, wie jemand gegen Metall schlug.

Fischkorn sprach ein bisschen lauter, als er Jannika erzählte, er könne es einem Menschen ansehen, in welchem Stockwerk er wohne, und umgekehrt, je nachdem, wie hoch er wohnte, sein Wesen charakterisieren. Du bist ein typischer Erstgeschössling, sagte er und ließ die Betonung auf dem letzten Wort ungewöhnlich heftig ausfallen, um sie dem zunehmenden Krawall am Gehsteig entgegenzustellen.

»Ein Betrunkener«, sagte er. Es war Nelson. Fischkorn spürte, wie er Jannika an den Lärm verlor, und als Nelson anfing, zunehmend unfreundlich zu schreien und gegen die Luke zu treten, und Jannika Angst bekam, gab Fischkorn auf. Er reichte die Schlüssel hinauf. Nelsons linke Hand zitterte, als er die weißen glänzenden Kapseln aus seiner gelben Dose zu sich nahm. Nun sah Fischkorn: Je unablässiger er versucht hatte, Nelson von ihr fern zu halten, desto dringender waren die beiden nun aneinander interessiert.

Wie um sich wieder zu beruhigen, erzählte Nelson von einem Mann, den er in dem Herzzentrum kennen gelernt hatte, in dem man ihn transplantiert hatte, und der ein halbes Jahr mit einem Kunstherz gelebt hatte. Statt eines Herzschlags habe er nur noch ein Summen in seiner Brust gehört. Nachdem sich sein eigenes Herz wieder erholt und das Huckepack angebrachte Gerät explantiert worden war, konnte er wieder etwas schlagen hören.

Nelson schien sich vor ihren Augen zu verwandeln, obwohl nichts sich änderte, und Jannika fühlte etwas von der schlanken Eleganz auf sich zutreiben, mit der ein Rennruderboot durchs Wasser schneidet. Er erzählte von einem Traum, in dem auf einem Dachfirst gegenüber Vögel saßen, die aber etwas ganz anderes waren, das er eigentlich hätte kennen müssen. Er hob den Arm, wie um auf etwas zu zeigen, und Jannika sah in der Bewegung das schöne Silbergrün von Blattunterseiten aufleuchten, wenn der Wind sie lüftet. Als ihn aus der Entfernung eine Flüchtigkeit von Jannikas Duft erreichte, konnte er ihre Hautwärme spüren und begehrte sie. Ihre Blicke trafen sich; mit einer Kopfneigung zeigte sie ihre Zuwendung.

»Vielleicht gibt es ein Paradies«, sagte Jannika, »ich befürchte nur, dass es nichts Langweiligeres gibt. Die Löwen ruhen neben den Lämmern.«

»Immerhin gibt es verlorene Paradiese«, sagte Fischkorn.

»Und ich bin sicher, dass es eine kürzere Verbindung zwischen zwei Punkten gibt als eine gerade Linie«, sagte Jannika und strich Nelson das Haar aus dem Gesicht.

Später brachte sie ihm seine Jacke.

Nachdem sie gegangen waren, merkte Fischkorn, dass er mit allem aufgehört hatte. Die Anziehungskraft der Erde zog das Lächeln von seiner Miene. Plötzlich wimmelte es in ihm vor Hoffnungslosigkeit, und in seinen Wangenmuskeln zuckte es wie vor einem letzten Atemzug, in dem der ganze Körper nach innen stürzt und einschrumpelt, bis nur noch zwei weiße Augäpfel an die Rückenlehne des Sessels rollen und blank glotzen.

Einmal kam Nelson noch, um seine große Tasche zu holen.

»Ich muss weg«, sagte er. »Ich komm' nicht klar, wenn die Beute überlebt.«

»Was wird mit Jannika?«, fragte Fischkorn,

»Chicksal«, sagte Nelson.

AN DER REZEPTION eines Eishotels stritten sich ein Mann und eine Frau, ob es sich im Einzelschlafsack angenehmer nächtige als im Doppelschlafsack. Der Mann gab nach, Einzelschlafsäcke wurden in die gefrorenen Zimmer gebracht. Während die beiden hinter einem großen Eisblock vorbei aus dem Foyer gingen, verwandelten sich ihre Gestalten in eine dunkle Flüssigkeit, die unter den großen Facetten auf dem Block hindurchgegossen wurde, und in dem kurzen Dunkel leuchteten ein paar quer stehende Bruchflächen in dem Eis auf. Ehe sie in einem Tunnelgewölbe aus Eisblöcken verschwanden, sah man sie noch einmal, ihre Schatten wie mit einer Stahlform ausgestanzt und ihre Gesichter klingenscharf in dem klaren Licht. Gefrorene Blitze tauten auf.

Auf der Straße stakte ein untersetzter Mann spielerisch mit Schistöcken über die Straße, hinter ihm ging eine alte Frau mit einer Gehhilfe, an der breite Kufen befestigt waren. Im Fenster eines Grillrestaurants saßen zwei Männer, und aus ihren Getränkebechern standen Trinkhalme. Der des einen Mannes stand gerade hoch, während der des anderen Mannes an der dafür vorgesehenen Faltenzone umgebogen war. Neben dem Gehsteig ließ sich ein Kind in einer schwarzen Daunenjacke vom Rücken eines aus Eis geschnitzten Eisbärenjungen rutschen.

Von dort, wo das letzte Haus an der Straße stand, fuhr ein Konvoi aus hoch bepackten Scootern los. Ein großer schwarzer Hund stand breitbeinig auf einer festgezurrten Ladung. Sie fuhren durch Senken und über Böschungen hoch durch den Schnee, und die Männer, die auf den Fahrzeugen saßen, bewegten sich in dem Auf und Ab wie Reiter; das Auf und Ab lief in einer Wellenbewegung die kapuzenverhüllten Köpfe entlang. Rentiere flüchteten von dem Geknatter der Motoren. Die Schatten der Scooter flossen über den reinen Schnee neben der Loipe und sahen aus wie Entwürfe plötzlicher Fluchten zur Seite.

Schneegischt wehte über den Schnee; der Wind drückte faserige Löcher hinein. Das Eis auf dem zugefrorenen See war schneematt, manchmal leuchtete es türkis oder blau aus einer Tiefe darunter. Die Eisangler tranken Schnaps aus weißen Plastikkanistern, wie sie im Norden zur Grundausstattung gehören. Einer trug eine violett verspiegelte Sonnenbrille mit muschelförmig gekrümmten Gläsern und hielt seine Stummelrute, die einen neongrünen Griff hatte, über ein tiefes, wie von einem gewaltigen Korkenzieher gedrilltes Loch im Eis. Tatsächlich sahen die motorisierten Bohrer, beinah mannshoch, so aus, dass sich an ihnen und an der Betrunkenheit der Angler eine Vorstellung von riesigen Flaschen entzündete.

Nelson ging allein weiter, durch fantastische Kunstwerke aus Schnee und Licht. Die Schneedecke in Vorland der Berge war geschlossen, der lichte Wald grau. In den Anstiegen hoben sich schneeschraffiert Hänge und Felsen aus dem Weiß. Nachts brannte Feuer in einer Hütte, und aus den Brettern der Wände schwitzten duftende und glitzernde Harztröpfchen.

Am nächsten Tag schaute er von einem Berg aus über die Gegend. Im Orange der ersten Sonne leuchteten die großen, weißen Antennenschalen eines Satelliten-Downlinks aus dem Fichtenwald, und zwischen den Stämmen schimmerte der Schnee auf dem Waldboden. Aus einem Waldstück in der Mitte des Tals, das sich weit und weich ausbreitete, startete eine schlanke Rakete, ein Bleistift, der einen leuchtenden Strich in den Himmel zog, und als würden riesige, graue Fäuste ausgeschüttet, rollten darunter Rauchwolken in den Wald beiseite, und auf die Wolken gegossen, verglomm der helle Widerschein der züngelnden Triebwerksglut. Es waren noch Sterne am Himmel zu sehen, und Nelson legte mit seiner Jagdflinte auf einen an und schoss.

FISCHKORN GING am süßen Mörtelgeruch alter Häuser entlang durch den Abend zu der Fabrik. Nichts in den Händen zu tragen, nur zu gehen. Die Schatten der schmiedeeisernen Zaunspeere streiften über seine Jacke, und sein eigener Schatten überholte ihn auf dem feuchten Gehsteig, wie ein riesiger Scheibenwischer.

Ein Paar wartete neben einem jüdischen Mahnmal. Der Mann hatte sich auf den Betonsockel gesetzt und versuchte mit seinem Mobiltelefon jemanden zu erreichen. Die Frau betrachtete, um sich die Zeit zu vertreiben und mit leerem Blick, die Liste mit Namen auf den absichtsvoll angerosteten Stahlsäulen. Auf einem Anleger daneben standen drei türkische Paare, die jungen Frauen trugen Kopftücher und lange, changierende Mäntel. Man hantierte mit Fotoapparaten und silbrigen, filigranen Videokameras. Eines der Paare wurde an den Rand der Planken platziert, die anderen legten die Bildwaffen an. Fischkorn hörte das helle, rhythmische Donnern von Skatern, die den Steg heruntergerollt kamen.

Unter dem späten Licht öffnete sich der Fluss spiegelnd zu einem tieferen Himmel. Die letzten Schwimmvögel zogen Spuren über das polierte Wasser, wie Glasschneider. Über dem Fluss lag Kälteglanz, auf dem wie in Öl gebraten die Lichter der Stadt schwammen. Während Fischkorn weiter in die Größe der Verkehrsbewegung und der fahrenden Lichter ging, stieg davon ein Jubel in ihm auf, dass er an etwas Grandiosem teilhatte.

Gern hätte er sich gefühlt wie ein langer, nachtblauer Joghurtlöffel, schlankweg den Dingen auf den Grund zu gehen; stattdessen war da ein stummes Ziehen in den Mundwinkeln, dann ein warmes Gefühl, niemand sah es. Da war es wieder, das groß wie eine nächtliche Stadt leuchtende Gefühl, in einer Armee der Gerechten im Stillen für eine gute Sache zu kämpfen: für das Ende des Kampfs, und sei es vergebens.

RAUMPFLEGE

DIE MEISTEN VON UNS begegnen der Macht nur als Zuschauer. Wie Schmelzwasser rauscht es heran aus den fernen Gebirgen der Wirklichkeit, wie Wind, der danach riecht, dass es weit weg geschneit hat. Einige Menschen aber versuchen, ihrem Zeitalter in seiner ganzen Größe entgegenzutreten. Einer von ihnen war Nelson Silberman Broderick.

Jeger hatte aus San Francisco Tapas und Flaschenbier mitgebracht. Er erzählte, dass ihn in der Stadt zwei verzweifelte Deutsche angesprochen hatten. Du siehst aber auch deutsch aus, sagte Broderick, so dieses Unbedingte. Sie hatten Jeger gefragt, wo sie Schecks einer Hamburger Sparkasse einlösen konnten. Den ganzen Nachmittag waren sie bereits in Banken belächelt worden, wo die Angestellten dachten, dass es sich um eine Art Essensgutscheine handeln könnte. Auch Jeger, von Beruf Steuerberater, hatte ein wenig gebraucht, um das exotische Zahlungsmittel zu erfassen, ihnen die Schecks dann für die Hälfte des Werts abgekauft und mit einer überzeugenden Geschichte und einem guten Schnitt an einen chinesischen Geldwechsler weitergereicht, an dessen Kiosk er gewöhnlich Süßigkeiten besorgte. Nun gab es Kartoffel-Tapas, Süßigkeiten, die aussahen wie Opale, und eine ganze Kiste Bier.

Sie saßen in Brodericks Haus, das Wände aus Blech hatte und an der Zufahrt zu seinem Schrottplatz stand. In den Abendnachrichten wurde an nachrangiger Stelle gemeldet, dass ein Schlüsselbeweis für eine Theorie über den Zustand der Welt gefunden worden sei, an der Physiker seit zwei Jahrzehnten gearbeitet hatten. Es war eigentlich keine Nachricht, da sie niemandem Anlass gab, sich nach ihr zu richten. Trotzdem verstummten die beiden Männer, und so wie man manchmal mit erhobener Fernbedienung in der Hand hypnotisiert vor dem Fernseher erstarrt, hörten sie auf, sich zu bewegen.

Es gab einen Laut an der Tür, und Broderick grüßte, aber dann war es doch nicht Ewa, die Putzfrau, die Hallo sagte, sondern eine Bohrmaschine draußen auf dem Gelände. Broderick hatte sie dennoch wahrgenommen; ein paar Minuten später war Ewa da. Sie küsste die beiden Männer, kostete von dem Tapas-Teig, weil er so schlank aussah, und machte sich an die Arbeit.

Ewa war nur schön, wenn sie sich bewegte. Ruhte oder schlief sie, war sie nicht hässlich, das Schöne an ihr wurde jedoch transparent wie Glas, und Broderick war jedes Mal bezaubert, wenn die Schönheit, sofort gegenwärtig wie ein erwachtes Tier, neu erstand.

Der Schrottplatz lag im Süden der San Francisco Bay, in der Nähe der letzten Brücke, die aus der Gegend um Redwood City und East Palo Alto hinüber nach Fremont führt. Draußen auf dem Hof saß scheues Licht auf kaltem Glanz, und während Broderick sich auf den Weg hinunter ans Wasser machte, stand das Licht auf und ging weg. Er hatte nichts gegen das Gefühl, bedient zu werden, fand es aber gelegentlich ungehörig, Ewa bei der Arbeit zuzusehen. Also ließ er sie mit Jeger.

Unter einem Farn hockte eine Ratte und rüttelte mit den Vorderpfoten an einem Wedel. Daneben saß eine Katze und versuchte, die Ratte totzugähnen. Nach einer halben Stunde war er unten an der Bay und sah das Leuchten der Städte weitum, das ins Firmament aufstieg wie in schwarzes Löschpapier. Die Bogenschwünge der Hochspannungsleitungen zwischen den hohen Masten neben der Brücke sahen aus, als hätte Ewa Vogelfluglinien vorgezeichnet. Nachtfalter spielten durch die Luft. Wie leicht und schnell sie ihre Absicht änderten. Eben noch ein loses Wölkchen aus Flügeln, waren sie im nächsten Augenblick wie auf einem unsichtbaren Faden aufgezogen und folgen in einer geschwungenen Linie einem Anführer oder einem Gesetz. Ihre Schatten flossen über den mondmatten Sand neben dem Weg und sahen aus wie Entwürfe plötzlicher Gewissheit.

BRODERICK RÜCKTE MANCHMAL Möbel in seiner Behausung so, dass sie das Sonnenlicht an Wände oder auf den Boden reflektierten, oder er brachte große Blechstücke von draußen, chromspiegelnde Mountainbike-Felgen oder gummigefasste Windschutzscheiben, die er dem Licht sorgsam in den Weg stellte. Die Scharen und Maßwerke aus dem umgelenkten Licht gefielen ihm, und an diesen Kunstwerken, die nichts kosteten, die vergingen und immer neu gesucht werden mussten, war ihm vor Jahren das erste Mal aufgefallen, dass Ewa nicht einfach Ordnung bei ihm machte, indem sie seine Unordnungen behob, sondern dass sich so behutsam wie bemerkenswert ihre Vorstellung von Ordnung in Brodericks Haus ausbreitete.

Sie stellte Getränkeflaschen, auch wenn man durch das Glas genau sehen konnte, was sie enthielten, stets mit nach vorn gedrehten Etiketten in das Seitenfach des Kühlschranks, und manchmal, wenn Broderick dünnhäutig war, dachte er, dass sie es absichtlich machte, um ihn zu ärgern, weil er nicht lesen konnte; etwas davon lag in ihrem Lächeln. Erst schienen die Dinge immer andere Plätze einzunehmen, dann war es, als griffe das ständige Umordnen auch auf sein Inneres über, und die Dinge nahmen zwar wieder immer dieselben Plätze ein, aber jeder Gegenstand hatte nun nicht mehr nur einen, sondern zwei Plätze, seinen und ihren, und eine Oszillation zwischen den beiden Arten des Verharrens begann.

Oft nahm Broderick die Ordnung Ewas als Angebot, das er kurzerhand beiseite wischte. Den meisten seiner Anweisungen, auch wenn er sie vehement vorbrachte, widersetzte sie sich allerdings mit Geschick und zärtlicher Zähigkeit. Ihr Eigensinn nahm ihn für sie ein. Die Welt war jung und voll fruchtbarer Unordnung gewesen, als sie die erste Zeit zu ihm gekommen war, dann hatte er manchmal etwas nicht wiedergefunden und gedacht, sie stehle. Jeder Gegenstand, den er wiederfand, beschämte ihn, zugleich bemerkte er, dass sie die Absicht hatte, ihm die Dinge in einer neuen, größeren Bequemlichkeit anzuordnen; Komfort aber war es, was ihn misstrauisch machte.

Ordnung ist eine Sache der Umverteilung. Schmutz ist Materie am falschen Ort. Musik ist gute Umverteilung von Schall. Manchmal nahm Broderick die geduldigen Sortiervorschläge Ewas dann doch als eine behagliche Zugabe wahr, auch wenn es ihn weiterhin störte, wie sie seine Rasierwasserflaschen in militärisch kristalliner Staffelung auf der Etagere über dem Waschbecken anordnete und das ungehaltene Gefühl davon sich in ihm weiterbewegte wie etwas, das träge durch den Schlamm auf einem Seegrund schlängelte.

Als er vom Strand zurückkam, roch er, dass sie die rostigen Herdplatten wieder mit der schwarzen Paste eingerieben hatte, die bitteren Gestank verbreitete, sobald man die Platten einschaltete, sie dafür aber aussehen ließ wie neu. Er hatte ihr mehrfach untersagt, ihn damit zu vergiften, und sie wartete dann ein paar Wochen, bis er das Verbot nicht mehr jedes Mal erneuerte und seinen Unmut abgerüstet hatte, ehe sie die Platten neuerlich beschmierte. Zu seinem Erstaunen fand er mit der Zeit kaum noch Konter in sich vor, stattdessen überschwemmte ihn ein süßes, lähmendes Gefühl.

Jeger war weg, und eine Bierflasche, eine Papiertüte und ein Glas standen auf dem Tisch. Die Flasche gehörte neben das Glas. Wenn da etwas ist, sagte Ewa, sollte da auch etwas sein, das dazugehört. Sie stellte die Flasche neben das Glas.

Als sie gegangen war, machte Broderick sinnlose Handbewegungen, ein paar Schritte, und merkte, dass es nirgends mehr langging. Er schlug mit beiden Fäusten gegen die Wand. Der Lärm brach sich an einem Fensterrahmen wie an einer Mole. Er begann, Sachen wegzuwerfen, und bewegte sich unschlüssig. Eine Weile lehnte er mit der Stirn an einer Schranktür. Dann schaute er, ohne hineinsehen zu können, im Bad seinem Spiegelbild auf die schwarzen Pupillen. Er fühlte seine Augen und die Leere des Spiegelbilds.

Broderick trank Bier und wartete auf nichts. Er verlor den Schlaf wie eine leere Brieftasche und wurde ein schweigender Mann auf einem Leuchtturm, der sitzt neben der großen Brennschale, die dreht sich, und der Mann wacht. Als sich morgens die Mexikaner an die Arbeit machten, die für ihn Maschinen und Autos demontierten, legte er sich aufs Bett und schlief rasch ein, während ein Regenrauschen der Welt vor dem Fenster neue Weite gab und er absank in die kryptische Deutlichkeit der Träume.

BRODERICK FÜHLTE den Reflex, das Gewehr zu heben, und entspannte sich sofort, als er erkannte, dass, was da auf einem der weißen Plastikstühle vor dem Haus lag, Ewas Nerzjacke war. Gelegentlich blieb die Jacke bei ihm, und er war nie sicher, ob sie sie vergessen oder absichtlich dagelassen hatte; er hatte noch nie gesehen, dass sie die Jacke anhatte.

Als er sie aufhob, spürte er die federleichte, sanfte Berührung davon an seinem Arm abfließen wie an einer Regenhaut. Er warf sie auf sein Bett und fragte sich, ob nun er es war, der einen Köder auslegte, oder die blätterteigdünnen Schichten Gefühl, die mit jedem Mal Jacke-Dalassen zurückgeblieben waren, sich zu so großem Wohlempfinden gesammelt hatten, dass er seinerseits angebissen hatte. Sie waren Freunde, manchmal schliefen sie miteinander – was sollte noch sein?

Broderick ging hinaus auf das Gelände. Es roch nach nassem Metall, auf einer Pfütze irisierte Öl. Durch die offene Schiebetür einer Wellblechbaracke sah er einen der Mexikaner an einer Entlötpumpe arbeiten. Wie ein Grabräuber, der Juwelen aus einem Geschmeide bricht, pflückte er schwarze Chipgehäuse mit goldenen Beinchen von einer grünen Leiterplatte und warf sie in eine Sortiereinrichtung aus mehreren zusammengeschweißten Handschuhfächern. Broderick ging auf das übermannshohe Hügelland aus Fahrzeugschrott zu, zwischen dem es früher keine Wege, nur Senken und Abbrüche an den Zungen von Blechgletschern gegeben hatte, aber Ewas Ordnungsbestreben hatte sich längst auf den ganzen Platz ausgedehnt. Durch die sauber freigeräumten Gassen sah das Areal nun aus wie eine ausgebombte Stadt kurz nach Kriegsende, im verkleinerten Maßstab.

Auf den Bäumen am Ausgang einer langen Gasse hingen die letzten Blätter, und Broderick sah, wie oben im höchsten Laub das Licht schwamm, wie an der Oberfläche eines glasklaren Flusses. Ein Stück vor den Bäumen, wo zwischen einer Schar dunkelgrauer Kiesbetonbrocken grünes und cayennepfefferrotes Kraut in den Herbst ging, hatte er vor dreiundzwanzig Jahren die ersten Autowracks anschleppen lassen.

Er war durch eine Gasse gekommen, in der wie zu einem Schichtenschnitt durch Fahrzeugzeitalter zusammengedrängt die letzten Jahrzehnte an Automobilentwicklung abzuschreiten waren. Anfangs hatte er einfach Autos ausgeschlachtet und ab und zu eins zusammengebaut, nie für sich, immer für andere. Er mochte es, wenn Leute auf ihn zukamen und sagten: Hey, Nel, gute Arbeit. Mit der Ausbreitung eines Umweltbewusstseins hatten die Fahrzeuge sich vor sich selbst zu schämen begonnen. Die Karosserien waren im Lauf der Jahre immer glatter geworden, keine Kante schnitt mehr verletzend in die Umgebung. Antennen hatten sich schneckenfühlerhaft ins Blech zurückgezogen, Türgriffe waren in Griffmulden ins Chassis hineinemigriert, Chromleisten und Stoßstangen verschwunden. In besänftigten Formen schmiegten die Gefährte sich in die Landschaft. Wer damals noch Pelz trug, der trug ihn nun als Innenfutter, das wärmte, nicht schmückte.

Aus der Glätte von Flusskieseln, in die viele Karosserien sich hineinverkrochen hatten, waren später manchmal doch wieder Formverläufe hervorgetreten, aber nur als ebenmäßige, kunstlose Schwellungen, ein gehemmter Ausdruck wie von aufgeblasenen Backen. Der Rückzug des vormals Hervorragenden war an vielen Stellen zu beobachten. Der Ablärm starker Fahrzeugmotoren wurde immer weiter minimiert, zugleich waren Klangformer darangegangen, den satten, starken Sound im Wageninneren künstlich nachzubilden.

Broderick warf einen Betonsplitter auf ein wie Papier zerknittertes Autodach, dann sah er, dass es der Wagen war, in dem er Ewa und Carl vor zwanzig Jahren kennen gelernt hatte. An einem schmalen Streifen auf der Motorhaube war noch zu erkennen, dass der Lack einmal malvenschattig und die Zierleisten goldfarben gewesen waren. Das Auto war ihm seit jeher wie eine Computergrafik erschienen: ein Objekt ohne Kern, ohne Volumen, das aus nichts als unendlich dünnen Oberflächen bestand und seine Insassen zu einem Ornament des Fahrzeugs verkommen ließ; ein Gegenstand, der mit seinen Besitzern protzte. Nun lag es wie ein gekappter, verrosteter Anker an der Küste der Erinnerung, und Broderick war ihm geneigter.

DAMALS WAR ER durch die Mojave-Wüste gestreift, ein Mann, Sonne, ein Gewehr, hatte Wüstenhasen geschossen und die Flügel der Libellen und die Augen der Salamander beobachtet. Einmal hielt er am Rand der Ebene auf einen Felshang zu, der ihm mit immenser Hitze entgegenstrahlte, bis er endlich schweißnass an dem tausendfachen Rot der Steine kratzen konnte. Seine Messerklinge blendete ihn, und er bemerkte, dass er keine Sonnenbrille hatte.

Er ging los, um eine zu besorgen.

Das Rot kam mit. Alles war von einem orangen Lichtsaum umfasst. Jeder Strauch, jeder Stein hatte sein privates Abendrot. Die Sonne würde in kleine Gluttropfen zersprühen, hinter jedes Atom einer davon, und es würde dunkel werden und Nacht. Der Rand zwischen Broderick und dem Anderen wurde durchlässig, die Welt nahm zu.

Aus tiefsten Tiefen wehte Helligkeit. Der Himmel wurde höher, die knochenweißen Steine substanzieller, jedes Sandkorn aufdringlich existent. Er fühlte, dass die Luft über ihre Durchsichtigkeit hinaus auf eine unfassbare Weise offen war. Staubglitzer regte sich auf dem Sand. Durch die Wellentäler der Dünenrippen floss ein Gleißen wie von kochendem Stahl. Die glühenden Linien verbanden sich zu einem leuchtenden Netz, das seine Absicht gefangen nahm und so sehr erhitzte, dass es schließlich nichts anderes mehr gab.

Eine Sonnenbrille.

Er lachte, und es war doch etwas anderes, allein vor einem Fernseher zu lachen oder allein in einer Landschaft. Das Lachen war massiv, ein Block Glas, der die Weite ausfüllte. Aus den Lichtborten der Büsche stiegen wie Wärmeschwaden nie gesehene Farben.

Ein kleines rotes Stück Plastik, das im Sand lag, sah aus wie ein Wal. Ein kleiner, roter Wal. Da es ein kleines Stück Plastik war, hatte er das Gefühl, den Wal aus sehr großer Höhe zu sehen. Eine bleiche Grasinsel sah aus wie Norwegen, unvergesslich. Konnte man noch einen Schritt tun, ohne die Erde zu verlassen und ins All hinauszutreten?

Broderick war gern für sich; nun begann er sich einsam zu fühlen.

Er war in die Richtung marschiert, in der er die Straße vermutete. Die Dämmerung begann. Seine Fantasie floss aus in das immer formlosere Dunkel wie der angestochene Dotter eines schwarzen Spiegeleis. Aus Schatten und Schemen erstanden Monstrositäten.

Wir leben im zwanzigsten Jahrhundert, sagte er sich. Es-gibt-keine-Gespenster.

Er versuchte, sich etwas Nüchternes vorzustellen. Ein Kühlschrank. Sofort platzte die weiße Eisschrankhülle wie ein reifer Kokon und ein riesenhaftes Insekt mit verklebten Fühlern begann zuckend in seinen Kopf auszuschlüpfen.

AN DER STRASSE wärmte er seine Seele am flirrenden Scheinwerferlicht und dem Magmafluss der Rücklichter. Er zeigte an, dass er mitgenommen werden wollte. Jahrhunderte später hielt ein Wagen, in dem ein Mann und eine Frau saßen. Wie eine aufgerichtete Kobra lehnte ein nackter Oberarm aus dem Seitenfenster des Wagens. Die Beifahrerin schaute ihm in die Augen.

»Wir kommen von der Erde«, sagte sie mit russischem Akzent. »Empfängt man so bei euch Gäste?«

Das war Ewa. Sie stieg aus und öffnete die Heckklappe, um Brodericks Tasche zu verstauen. *Der Kofferraum sah aus wie das mobile Labor eines Rauschgiftdezernats*. Im Auto sah Broderick den Fahrer vor sich als Silhouette, zwei schwarz behandschuhte Hände am Lenkrad. Die schimmernden Armaturen und das System aus hitzeglänzender Straße, Schildern und dem durch die Nacht fließenden Verkehr fügte sich zu dem Eindruck eines mächtigen Vorgangs. Unter den gelb und weiß zerspritzten Insekten auf der Windschutzscheibe war der blutrote Klecks von einer satten Mücke. War es Menschenblut, wäre es möglich gewesen, dass es von ihm selbst stammte.

Auf dem Dachgepäckträger eines Wagens vor ihnen war aufrecht stehend eine Motocross-Maschine festgezurrt, die Seile schwirrten wie Baßsaiten, und ab und zu glühten die Reflektoren an den Pedalen auf, die sich langsam im Fahrtwind drehten. An den Rand des Gepäckträgers war ein Bein gegurtet, ein Unterschenkel mit Fuß und ein Oberschenkel, verbunden durch ein gut gearbeitetes Kniegelenk. An der nächsten Tankstelle hielt auch der Wagen vor ihnen, und ein Mann in zu Shorts abgeschnittenen Jeans kam herausgehüpft und schnallte sich das Bein an.

Männer gingen über die Tankstelle wie Gefangene auf Hofgang, die Spitzen von Autoschlüsseln züngelten zwischen Daumen und Zeigefingern vor. Einer, mit dem Kopf schon aus dem Radius der Beleuchtung, füllte enthauptet Öl aus einer Dose in einen orangen Wagen.

ALS SIE WEITERFUHREN, erkannte Broderick an einer geringfügigen Hinwendung, dass die beiden ein Paar waren. Sie schwiegen und umarmten ihn mit ihrem Schweigen.

Der feindliche Furor der Dunkelheit sank ab zu etwas, das träge durch den Schlamm auf einem Seegrund schlängelte. Dann fiel Broderick auf, dass der Fahrer nicht mehr geradeaus die Straße entlang fuhr, sondern kaum merklich seitwärts aus der Richtung scherte.

Nach ein paar Minuten berührten die Reifen den Straßenrand, Staub rauchte hoch und der Wagen geriet von der dicken Asfaltschicht auf das Bankett und holperte in die Wüste. Der Fahrer behielt die behutsame Seitwärtsbewegung und die Geschwindigkeit unverändert bei. Obwohl sich eine schwarze Fontäne der Angst in Broderick erhob, fand er es nicht passend, etwas zu sagen. Er hielt sich.

Wie der Sichtstrahl auf einem Radarschirm wischte die Fahrtrichtung auf die andere Seite. Es dauerte eine Weile, bis sie, in eine weiße Sandlohe gehüllt, wieder auf dem Asfalt anlangten. Hier ging es bedächtig, wie Desperados bei einem Duell aufeinander zugehen, nach dem Mittelstreifen hin. Auf der Gegenfahrbahn kam Unruhe auf, Broderick hörte den Donner des Endes.

Angst ist die Schneekönigin der Gefühle. Verhängnis pocht eisblau ans Herz, das Gemüt fletscht die Zähne. Jeder Blick ist ein Stahlgrat. Broderick spürte das Unerklärliche an der Angst, ihre Eminenz. Dann sah er, dass der Mann am Steuer kein Mensch war. Sein Chauffeur war der Tod. Die feinen Fältchen in seinen Augenwinkeln waren fünfhundert Millionen Jahre alt. Das war Carl Jeger. Die Frau neben ihm mochte ein Engel sein.

In einer beinah unendlich langen Diagonale steuerte er wieder auf den Straßenrand zu. Broderick fühlte sich wie im Inneren einer großen, malvenfarbigen Billardkugel, aber wie ein Kreiselkompass seine Lage behält, so sehr es auch über alle drei Richtungsachsen kippt, neigt und giert, war er ungeachtet aller Finsternisse nicht erschüttert in seinem Vorhaben, eine Sonnenbrille zu bekommen.

In einem weißen Geländewagen, daran ein Hänger mit einem wiehernden Pferd, fuhr ein Mädchen mit mitleidlosem Gesicht an ihnen vorbei. Carl lenkte wieder geradeaus. Draußen in dem vibrierenden Rückspiegel sah Broderick Ewas Haar gespiegelt, auf dem sich das Schimmern vom Scheinwerferlicht der Autos hinter ihnen beruhigte. Er sah zwischen den Sitzen nach vorn, wo sich der Flaum auf Ewas nacktem Unterarm, von Wonneschauern gesträubt, gerade wieder legte.

»Willkommen«, sagte Ewa.

ALS BRODERICK in der Entfernung den Canyon aus Licht über Las Vegas sah, lachte er glücklich.

Er stieg zwischen Downtown und dem Strip aus und kaufte sich in einem Souvenirladen eine Sonnenbrille. Sie war violett verspiegelt, mit muschelförmig gekrümmten Gläsern. Es war zwei Uhr früh. Broderick setzte seine neue Sonnenbrille auf, und ganz nah, wie man so etwas sonst nur beim Küssen sieht, sah er die Spiegelung seines Wangenknochens innen auf dem Brillenglas. Ein Anflug von dem roten Felsenstaub lag noch darauf, viele Millionen Jahre alt. Er setzte sich in einem Imbiss ans Fenster und schaute in die leuchtende Dunkelheit. Oh Narren, seid ihr wirklich blind, dass ihr die Schönheit dieser Welt nicht seht?

Männer saßen in dem Lokal, langweilten sich und erduldeten es klaglos. Es roch süß nach verkochtem Fett. Unter einer Vitrine brannte in einem Blechfach spiralförmig aufgewickeltes Feuer. Broderick hörte das Geräusch eines alten Flugzeugmotors. Er wunderte sich, dass die Leute alle so am Boden hafteten.

Jemand mit einer bauschigen Föhnfrisur ging vorbei, und die Frisur wippte mit jedem Schritt, als säße ein Huhn auf dem Kopf des Manns. Broderick sah nach vorn zu dem Grill, in dem sich braune Hühnertorsi drehten, dann wieder aus dem Fenster, und erwartete sekündlich, den Ersten um die Ecke kommen zu sehen, dem das Huhn vom Kopf geerntet worden war. Vielleicht konnte man, ähnlich wie beim Blutspenden, für ein Huhn auf dem Kopf Geld bekommen, und es wuchs später einfach wieder nach.

Es waren seine Blicke, von denen die Welt zusammengehalten wurde, sie stützten die Dinge wie ein Mieder aus Achtsamkeit, und er bemühte sich, seine Umgebung durch Anschauen am Auseinanderbrechen zu hindern. Jemand schüttete ihm einen Eimer warmes, glosendes Licht ins Gesicht.

Broderick hielt eine Limonadedose in der Hand und sah, dass rund um seinen Körper und ebenso rund um die Limonadedose eine veilchenblaue Aura schwebte. Er wollte die Dose loswerden, durch die Aura jedoch war unübersehbar, dass sie und er untrennbar zusammengehörten. Als er die Brille einen Augenblick abnahm, verschwand die Aura. Er spürte einen Kuss der Unendlichkeit, dann ging er auf den Strip.

Die Bauten und Lichtergezeiten gaben sich so wundervoll, dass die vielen Menschen auf der Straße erst gar nicht versuchten, es ihnen gleichzutun. Im Foyer eines der großen Casinos ging eine hübsche Frau an ihm vorbei, zurechtgemacht bis hinein in die Bewegungen. Ihre Verlockung hatte die einfältige Wirksamkeit von Waschpulverwerbung. Broderick dachte an das Blut in seinem Körper, ohne etwas zu fühlen, auch nicht, als er eine Hand aufs Herz legte. Die Frau grüßte zurück.

Er stellte sich an einen Roulettetisch. Als drohte Gefahr aus dem Zahlenkessel, nutzten zwei elegant gekleidete alte Damen ihn als Deckung. Eine der beiden forderte ihn auf, endlich zu setzen, und obwohl er gar nicht hatte spielen wollen, verband er zwei rote Felder mit einem Dollarschein. Wie die Tentakel eines vielarmigen, geldgebenden Geheuers stießen die Arme der Damen an seinen Seiten vorbei auf den Tisch, verschwanden wieder, erschienen neuerlich. Einen Sekundenbruchteil lang lief das gefasste Äußere einer der Damen über vor Gier, und sie rempelte ihn an, während sie sich vorbeugte, um Hundertdollarjetons rund um seinen Dollar zu platzieren. Eines der beiden roten Felder, auf die er gesetzt hatte, gewann.

Erfolg ist beherrschtes Schicksal, das geschmiedete Glück, und es gibt noch eine andere Seite: ein Gewinnen, dem man sich hingibt. Nirgendwo sonst ist das Gefühl des Siegs so pur, wie wenn einem Fortuna lacht; nirgendwo sonst das Gefühl, verloren zu haben, bitterer.

Was habe ich richtig gemacht?, fragte sich Broderick.

IN EINEM NIEDRIGEN Saal standen cremeweiße Slotmachines aufgereiht wie Grabsteine eines fröhlichen Friedhofs. Ein Angestellter in rosa Uniform wischte die Abdrücke von Schuhsohlen von den lackschwarzen Fußbrettchen an den fest montierten Hockern vor den Geräten. Broderick sah ihm zu wie dem Bild einer Infrarotkamera, auf dem die Wärmespuren von Menschen verloschen, die den Raum längst verlassen hatten.

Als er gehen wollte, um ein Quartier zu suchen, traf er einen Freund, der als Sound Engineer für eine der Shows engagiert war. Er hatte bereits für viele der Größen im Geschäft gearbeitet und niemand sonst, nur Broderick, wusste, dass er seit Vietnam ein Loch im linken Trommelfell hatte und nur noch Mono hören konnte. Trotzdem produzierte er perfekte Stereomischungen. Er hatte seinen Scharfschützenblick einer neuen Nutzung zugeführt, drehte in jedem unbeobachteten Augenblick bei einem Soundcheck oder einer Aufnahme im Studio die Kopfhörermuscheln blitzschnell um hundertachtzig Grad und im nächsten Augenblick wieder zurück und errichtete so aus flachen Klangwänden fantastische Räume.

Kurz vor der Morgendämmerung und nachdem sie getrunken hatten, zeigte der Freund Tricks. Er konnte, wenn er sich anstrengte, den Rauch einer Zigarette aus dem kaputten Ohr schwaden lassen. Broderick machte ein Stück seiner Wange taub, indem er mit Daumen und Zeigefinger das Blut herausdrückte, und stach eine Stecknadel, die er in seine Mundhöhle führte, durch die Wange nach draußen. Auf die Nadelspitze, die nun aus seinem Gesicht stand, steckte er den Filter einer brennenden Zigarette. Sie stand von seiner Wange ab.

Auf dem Weg zum Auto trat Broderick an eine Gruppe junger Männer, die einen hartgesottenen Eindruck machten, und sprach den Anführer an, der sich geschmeidig von der Wand neben einem aquariumhellen Blumengeschäft abstieß. Es sah aus, als fließe er aus dem Beton.

»Gruß euch, zu etwa achtzig Prozent aus Wasser bestehende hässliche Säcke«, sagte Broderick. »Bringt mich zu eurem Präsidenten.«

Während er sprach, wippte und reckte sich die Zigarette auf seiner Backe wie eine dünne Raupe, die Orientierung sucht.

Der Freund wohnte in einem Neubaugebiet im Anstieg der Berge am westlichen Stadtrand. Das Areal sah aus wie ein mit Absichten bewässerter Plan, den jemand in den steinigen Sand gezeichnet hatte. Ein paar Häuser waren bereits daraus hervorgewachsen, ein betonierter Pfad, über den sich Peitschenlampen beugten, und begrenzte Leere: graurote Steinmauern und metallgerahmte Zäune, die durch Hänge und weite Kiesmulden schnitten. In einer der leeren Parzellen waren Grasclaims verstreut.

Nachdem sie geschlafen hatten, fanden die beiden Männer sich auf der Veranda hinter dem Haus ein, ein verstaubter Rollstuhl stand zusammengefaltet an der Wand; sie schwiegen, und dann gingen sie schweigend auseinander. Wo die Ferne begann und der Dunst über der Ebene aus Flachbauten bläulich wurde, waren die im Tageslicht schwarz und grau erkalteten Hochhäuser am Las Vegas Boulevard zu sehen, zwischen zwei riesigen Monolithen, von denen einer sie hoch überragte, schieferdunkel die größte Pyramide der Welt.

Mit dem Abend ging Broderick dort durch schimmernde Pfützen aus Licht auf den großen Gehwegplatten, die von roten Steinstreifen dazwischen in lichtgraue Quadranten unterteilt waren. Die anderen Passanten kümmerten sich nicht darum, aber eine Frau folgte den Verläufen des Musters. Wie ein Virus, das sich in den Blutbahnen des Steins zu halten versuchte, ging sie genau auf den roten Granitstreifen. Er folgte ihr, und als er zu ihr aufgeschlossen hatte, sah er, dass es Ewa war.

Sie erzählte, dass sie ein mitgebrachtes Weckradio in ihrem Hotel auf den Nachttisch gestellt hatte, Carl hatte es eingeschaltet und war dann weggegangen, um etwas zu essen. Als sie versucht hatte, die Musik auszumachen und zu Bett zu gehen, ließ das Gerät sich nicht mehr abschalten. Stecker gezogen, Musik lief weiter. Batteriefach nachgesehen, keine Batterien. Musik lief weiter.

Das Ding war aus, sagte Ewa, auser geht nicht. Ich dachte: Das ist jetzt der Moment. Manchmal glaube ich, die Welt ist nur eingerichtet, um mir eins auszuwischen. Irgendwann kommt der Moment, an dem alle sich zu mir umdrehen und lachen und ihre Gesichter abnehmen, dann muss ich sterben.

Broderick nahm sie in den Arm, sie gingen unter Bäumen, in deren Geäst Glühbirnenketten geflochten waren. Wie hohe, erloschene Kerzenleuchter standen Hartlaubgewächse in weißen Marmoreinfassungen, auf einer saß Carl. Er hakte sich bei Broderick unter.

»Was war's?«

»Das eingebaute Radio darunter im Nachttisch.«

NOCH WÄHREND Ewa erzählte, spürte Broderick, dass sie zusammenbleiben würden, und als Carl dazukam, dass sie ein Team waren. Als er verheiratet gewesen war, waren Broderick und seine Frau und sein Freund, der nun hier am Stadtrand wohnte, ein Team gewesen. Das war vergangen. War er für sich, so existierte er bloß, das war in Ordnung; hatte er aber ein Team, konnte Broderick leben.

Sie holten sein Gepäck und fuhren ein Stück in die Berge, die wie eine gefallene Reihe grau versteinerter, gigantischer Bücher aussahen. Carl fand Naturwunder in ihrer unumstößlichen Grandiosität langweilig, ihn faszinierte Menschgemachtes.

»Hör gut zu, Ben«, sagte er, »nur ein Wort: *Technologie.*«

»Jetzt muss Ewa sich einen Strumpf übers Knie rollen«, sagte Broderick.

»Jetzt gehen wir auf eine Computermesse«, sagte Ewa.

Es war der Tag, an dem Bill Gates Windows ankündigte. Als er zu seiner Rede antrat, wurde das Licht gedimmt, und ein Scheinwerferspot folgte ihm zu dem Rednerpult. Eine Wolke von Schuppen lag auf seinem Jackenkragen, und seine verschmierten Brillengläser reflektierten das Licht. Zwei Jahre später nahmen in New York die Probleme mit Schmierereien solche Ausmaße an, dass Bürgermeister Ed Koch anordnete, es dürften keine Spraydosen und breiten Markierstifte mehr an Kids verkauft werden. Die begannen sich ins Netz zu verziehen und elektronische Graffiti zu hinterlassen. Lautlos waren Computernetze zu einem schattenlosen Erdteil angewachsen. In den riesigen Rechnerparks von Teilchenbeschleunigern wurden bald darauf die ersten Hacker entdeckt. Einer von ihnen war Carl.

Sie blieben zusammen. Jedes Jahr im Herbst fuhren sie von der Bay, wo sie lebten, nach Las Vegas und besuchten die Messe. Im dritten Jahr hatte Broderick einen selbst gebauten Tesla-Trafo im Gepäck. Er borgte sich den Rollstuhl seines Freunds, ein handbetriebenes Modell, und fertigte dafür einen Unterbau an, in dem Autobatterien Platz fanden, und einen Kasten an der Rückenlehne, in dem der Trafo, aus dem eine fast einen Meter hohe Spule aufragte, bis auf einen kleinen Schlitz verborgen war.

Ein Tesla-Trafo erzeugt eine hochfrequente Spannung von mehreren tausend Volt und zwei ungewöhnliche Phänomene. Ewa, die in ihrer sowjetischen Heimat Physikerin gewesen war, waren die Vorgänge geläufig, und Broderick erklärte Carl die Funktion des Geräts anhand ihrer Beziehung zueinander.

»Es gibt zwei Spulen«, sagte Broderick, »die eine bin ich, die andere bist du. Schaltet man den Trafo ein, sammelt sich der Strom, das ist Ewa, in einer der Spulen.«

Nach einer Weile sprang der Strom auf die andere Spule über, dabei entlud er sich in langen Funkenblitzen. Diese Art Strom verursachte keine Schläge, er floss an der Hautoberfläche entlang – zum Beispiel in Geräte, die der Überströmte gerade bediente. Es war das einzige Mal, dass Broderick die fluktuierenden Hinneigungen und Schmerzlichkeiten zwischen ihnen benannte.

Er rollte in dem Stuhl, der nun ganz wie ein motorisiertes Modell aussah, vorbei an den Messekojen, in denen der Konjunktiv Hochkonjunktur hatte und sich machtflimmernd das Ewigmorgige erhob. Manchmal, wenn Broderick über einen Tastschalter in der rechten Armlehne den Trafo einschaltete und zarte Funken aus dem Schlitz in dem Kastenrucksack wehten, erloschen rundum Bildschirme und Videowände, und die Präsentatoren hielten nur noch ins Nutzlose erkaltete eiserne Eistüten statt Mikrofone vor den Mündern.

Mit den Jahren erprobte Broderick neue Bestandteile für den Transformator und verbesserte seine annihilierende

Abstrahlung. Er tauchte Wicklungen in Lack oder Wachs, baute, da die handelsüblichen zu wenig Effekt abwarfen, eigene Kondensatoren und experimentierte mit Zündtrafos aus Ölbrennern oder Regenrohren als Spulenkern. Broderick freute sich ganz selbstverständlich an dem Verfahren, durch das sich elektronische Gerätschaft mit einem Tastendruck schrottreif schalten ließ.

Als er in einem Herbst Anfang der neunziger Jahre seinen Freund wiedersah, schien der an einer heftigen Erkältung zu leiden, immerfort schnäuzte er sich und schien auszufließen. Er hatte die Papiertaschentücher, die überall lagen, immer auf dieselbe Art zerknüllt, sie sahen aus wie Modelle für einen verbesserten Neubau des Matterhorns. Als Broderick ihn am Tag der Abreise doch noch fragte, sagte der Freund, dass eine Chemotherapie alle Körperhaare ausfallen lässt, auch die Nasenhaare, die den Rotz zurückhalten, und lüftete kurz seine Perücke. Dann schenkte er Broderick den Rollstuhl, und sie luden ihn in Carls Wagen und verabschiedeten sich.

Im Frühjahr 1998 besuchten sie einen Abzweig der Computermesse in Chicago, wo sie sich schon vor ein paar Jahren gelegentlich aufgehalten hatten. Broderick hatte den Tesla-Trafo zu einer neuen Leistungsspitze hochgezüchtet, und am 22. April 1998 stürzte bei der Vorführung des neuen Windows 98 das komplette System ab, während ein Mitarbeiter einen Scanner an den Computer anzuschließen versuchte. Der Mann tat Broderick ein bisschen Leid. Er dachte daran, wie Gangmitglieder die unbeteiligten Passanten nannten, die bei einem Feuerüberfall aus dem fahrenden Wagen zusammen mit den Feinden verletzt oder getötet wurden: *Mushrooms*. Ich glaube, wir müssen noch einige Probleme beseitigen, sagte Bill Gates. Um Broderick, der einen behindertengerechten Platz nahe der Bühne eingenommen hatte, roch es nach Ozon.

Carl, Ewa und er waren bei einem der frühen Besuche in Chicago zu Wohlstand gekommen. Keiner von ihnen stellte ihn eigens zur Schau. Als das große Geld kam, kaufte Carl sich als Erstes ein Paar Sportschuhe, dann eine gebrauchte Limousine, da er Neuwagen lächerlich fand; Broderick spürte die Seelenverwandtschaft. Wenn Carl nach Snobismus war, bestellte er Bücher bei einer Online-Buchhandlung, bei der als Füllmaterial keine Styroporchips mehr in die Versandkartons gepackt wurden, sondern kleine, luftgefüllte Plastikkissen. Auf den Kissen waren Telefonnummern in Asien, Europa und den USA angegeben, und Carl bestand darauf, Kissen mit Luft aus Hongkong oder Deutschland eingelegt zu bekommen. Stichproben ließ er in einem auf Gasanalysen spezialisierten Labor überprüfen.

Es war die Zeit, in der Wünsche im Silicon Valley, an dessen Rand Brodericks Schrottplatz lag, sich zu einem Kürzel verdichteten: 3M – Merlot, Mercedes und ein Haus in Marine County, auf der anderen Seite der Bay, wo der Wiederaufbau nach dem letzten Erdbeben ins Prunkvolle geriet.

Keiner der beiden Männer wusste, wo Ewa wohnte, sie

tauchte, ob verabredet oder überraschend, stets einfach auf. Andeutungen aus dem, was sie erzählte, brachten Broderick zu der Vermutung, dass sie sich ein großes Haus in Monterey gekauft hatte. Sie putzte nach wie vor für die beiden Männer, bei Broderick das Haus, bei Carl auch die Festplatten, schien nun aber auch ihrerseits Putzfrauen zu beschäftigen. Was sie anklingen ließ, hörte sich verrückt an, wie eigentlich alles, was sie erzählte.

Eines Tages war Carl mit Broderick hinüber nach Monterey gefahren. Sie bezahlten die sechs Dollar Zutrittsgebühr und fuhren den Seventeen Mile Drive an den Baustellen luxuriöser Anwesen entlang. Manche der Häuser waren so neu, dass im Sand davor nur Reifenspuren zu sehen waren, keine Fußspuren. Es war diesig, und durch das offene Seitenfenster waren aus der Landschaft Geräusche wie aus einem sehr teuren Film zu hören.

Keine Ewa.

In einer Bucht nahe Moss Landing mieteten sie Kajaks und paddelten im Pazifik, bis es dämmerte. Braune Pelikane stürzten sich ins Wasser, Otter schwammen wie durch Klarlack. Ganz nah an Broderick vorbei flog ein Vogelschwarm. Er war Wesen unter Wesen.

Im Herbst 1999 fuhren sie mit dem Tesla-Trafo erneut über die Messe in Las Vegas und hinterließen Abstürze und stille, virtuelle Verwüstungen in den Hallen. Im Frühjahr kollabierten die Aktienkurse, immer mehr von Carls Klienten verloren ihr Geld. Viele waren eine Zeit lang Aktienmillionäre gewesen, hatten wieder und wieder die

Börsenticker eingeblendet und ihre Geldschwere ausgewogen, dann verschwanden die Buchwerte wie Frühnebel und die für sie zu zahlenden Steuern blieben. Für Aktienoptionen, die im Jahr zuvor eine Million Dollar wert gewesen waren, mussten über 200 000 Dollar an Steuern bezahlt werden, auch wenn die Papiere inzwischen wertlos geworden waren.

»Wir müssen wieder was machen«, sagte Carl.

CARL JEGER war dick und auf anrührende Weise ungeschickt. Manchmal hielt er sich an seinen Händen fest, als befürchtete er, sie könnten sich im nächsten Moment selbstständig machen und davonfliegen zu jemandem, der besser bezahlte. Wenn er versuchte, behilflich zu sein, wenn einem etwas auf den Boden gefallen war, empfahl es sich, weiträumig Schutz zu suchen – Carl richtete sich auf, schlug dabei mit dem Kopf an eine Tischkante, und bei dem Versuch zu verhindern, dass etwas von dem Tisch fiel, stürzte er ihn in einem Amoklauf der Freundlichkeit ganz um.

Er kam aus Wisconsin, wo jedermann Übergewicht hat. Als er an die Bay zog, konnte er nicht verstehen, weshalb es hier Bagels gab und Croissants, aber keine Doughnuts. Etwas stimmt nicht mit diesen Kaliforniern, sagte Carl. Er hatte viel von einem großen Kind, während sein Beruf ganz darauf ausgerichtet war, andere Menschen durch die harten Passagen in das Erwachsensein zu führen. Am Rand aller Sandkisten dieser Erde sah er die in ihre spezielle Tristesse gehüllten Mitglieder der Erwachsenensekte stehen. Stumm hielten sie ihre Botschaft vor der Brust: Erwachset! Wer sich der Konfession nicht fügte, dem schickten sie Pädagogen, Therapeuten und das Finanzamt auf den Hals. Die Steuererklärung war für viele die Eintrittskarte in das nüchterne Ausmaß des Großseins. Eine Menge Geld für eine ziemlich schlechte Vorstellung, sagte Carl.

Als sie sich kennen lernten, hatte Ewa an den verbogenen Zinken der Gabeln in seinem Besteckfach gesehen, dass damit oft Gläser mit Schraubverschlüssen aufgehebelt wurden und Carl nicht sehr stark war. Ihre Küsse waren wie klares Wasser, und aus ihren Händen kam ein federleichtes Gefühl. Sie schenkte ihm ein wenig Klarheit und die Lust auf Kraft.

Manchmal umschrieb er Broderick und Ewa mehr mit Gesten als mit Worten seine Träume, in denen das Ungeschick bis an die Grenzen des Universums hinauszureichen schien. Ab und zu folgte ihm dann, wenn er aufwachte, wie das Licht ferner, längst erloschener Sterne ein flüchtiger Glimmer vollkommener Einsicht nach in den Tag. Einmal berichtete er, dass er vergessen hatte, seine Brille vor dem Einschlafen abzunehmen, und viel zu deutlich geträumt hatte. Er war aufgewacht und hatte gewusst, wie die Probleme der Welt zu lösen waren.

»Aber ich hab's vergessen«, sagte er dann. »Verweht. Ich hab's einfach vergessen.«

Ewa erzählte viel von ihrer Herkunft und wie ihre Familie sich über den Planeten verästelt hatte. Einer ihrer Vorfahren hatte bereits an der Alaska-Expedition teilgenommen, die 1741 von Russland aus durchgeführt worden war. Als Anfang des neunzehnten Jahrhunderts die halbstaatliche Russisch-Amerikanische Company von britischen Pelzhändlern bis weit hinunter in den Süden an die Küsten des damals spanisch besetzten Kalifornien bedrängt wurde, war es wieder einer der ihren gewesen, von dem der Vorschlag kam, eine Niederlassung in dem milderen Klima einzurichten und die Fischotter der Region zu bejagen. Nördlich von San Francisco gründeten sie Fort Ross (eine Verkürzung des Worts Russland), das noch immer besteht. So war Ewa Ende der siebziger Jahre aus der Sowjetunion emigriert und dem Gefühl einer familiär vorgezeichneten Route gefolgt. Einer Bestimmung nachzugehen half ihr auch über die Enttäuschung hinweg, dass ihre Ausbildung in der neuen Heimat nicht anerkannt wurde.

Eine ihrer Urgroßmütter hatte in einem Brief, den Ewa als kostbares Familienstück aufbewahrte und gern verlas, von ihrer Hauskatze geschrieben, die der Hofhund so sehr liebte, dass er sie an einem Winterabend nassleckte, worauf sie in der Nacht erfror. Nach einer Hochzeitsfeier hatte die Urgroßmutter schwer betrunken versucht, einen Fluss zu Fuß zu überqueren, und als sie feststellte, dass sie auf eine Eisscholle geraten war, die sich vom festen Eis löste, legte sie sich schlafen und wachte erst auf, als eine Rettungsmannschaft die vermeintliche Leiche bergen wollte.

Besonders gefielen Broderick Geschichten von ihrer wunderbaren Großtante, die unter schwierigsten Umständen, Mann im Krieg, ihre Kinder durchgebracht hatte und der dann die große Romanze in Gestalt eines usbekischen Geräuschmachers begegnet war, der auf einem Ohr taub war. Der uralte Berufsstand gehörte den Geschichtenerzählern zu, die unterwegs oder an den Nachtfeuern der Karawanserei ihre Kunst ausübten. Was die Geschichtenerzähler möglichst glänzend an Fernen heranführten, damit die Feuer sich in einer lebendigen Vorstellung spiegeln konnten, umfloss der Geräuschmacher an ihrer Seite wie eine stumme Hohlform, und unter jedem Klang, der aus ihm aufstieg, schloss sich das anfließende Unbekannte zu einer umfassenden Nähe, das Meer des Erzählten wuchs an. Als einziges Andenken an die Abenteuer des Herzens hatte die Großtante Ewa die Nerzjacke vermacht, die der Geräuschmacher ihr geschenkt hatte.

DA SIE NOCH Geld hatten, gingen sie Genüssen nach, die etwas kosten. An dem Tag, an dem das Welthandelszentrum in New York zum Einsturz gebracht wurde, war in der Mall in Palo Alto, in die sie mit Broderick gefahren war, statt der üblichen Berieselungsmusik eine Tonaufzeichnung der ersten Mondlandung zu hören. Vervielfacht zu einem Gleichschritt der Bilder zeigte sich auf Monitorwänden der Sieg der Ferne. Das Fernzusehende war zur einzig bedeutenden Wirklichkeit geworden, und beide spürten sie, wie die Nähe endgültig zu schwinden schien.

In einem Cubicle mit durchsichtigen Plastikwänden standen Überwachungsmonitore, davor zwei Männer, die keinen Blick darauf verschwendeten und mit Papieren beschäftigt waren. In kurzen Abständen schaltete das Überwachungssystem auf die nächste Kamera, und das Umschalten geschah nicht auf einen Schlag, sondern indem das neue Bild wie ein schweres Rollo an dem schwarzen Balken hochgezogen wurde, der in das Bild gesprungen war, bis es nach ein paar Sekunden das alte Bild endlich ganz überdeckte.

Ewa öffnete eine Handcremedose und zog die Schutzfolie hoch. Die weiße Oberfläche sah aus wie das handliche Relief einer Meeresoberfläche, und Broderick bekam Lust, über Ewas Haut zu segeln. Draußen über dem Parkplatz flatterten rote Bänder an einem fliegenden Papierdrachen, wie die Finger eines Klaviervirtuosen. Ein kleines Mädchen fiel hin und schrie so laut, dass der Raum sich nach einem Punkt hin krümmte.

Broderick war nicht eigentlich an Sex interessiert, eher an der weiten, nackten Müdigkeit danach. Er mochte es, wie Ewa sich bewegte, ein Funkeln zwischen Nervosität und Anmut. Er mochte es, wenn und wie sie müde war. Er sah sie nackt vor dem Spiegel, ein Messington auf ihrer Haut. Sie war schamlos und schön für ihn und stillte seine Sehnsucht.

Einen Pelz aus Küssen legte er auf ihre nackten Schultern, stellte Gefühlen nach, und als sie sich küssten, hatten ihre Lippen den Geschmack von Butter auf heißem Brot. Sie holten die Nähe zurück, aber auch die Nähe, wie die anderen großen Dinge der Welt, offenbart sich nicht und betäubt uns nur manchmal mit dem Glück.

Während sich die herbstlichen Fahrten nach Las Vegas zur Gewohnheit festigten und die Messe unrastgetrieben Jahr für Jahr ihr Zentrum verlor, den Platz wechselte und eine Weile sogar über eine Hand voll weit auseinander liegender Hallen in der Stadt verstreut stattfand, versetzte Ewa die beiden Männer mit ihrem profunden Wissen nicht nur über die Messemenschen in Staunen.

Hatte jemand ein Geheimnis, schien sie es zu kennen. Sie wusste genau, in welchem Club ein Entwickler zwei Jahre zuvor sein Patent an einer lichtgesteuerten Maus versoffen hatte, dass er seine nächste Erfindung im Jahr darauf als Pfand in einem Bordell hatte verfallen lassen und dass die Firma, die andere daraufhin aus seinen Ideen gegründet hatten, gerade an einen Branchenriesen verkauft worden war.

Broderick kam zu dem Schluss, dass es etwas wie ein internationales Netzwerk der Putzfrauen gab, aus dem Ewa ihre exklusiven wie extravaganten Informationen bezog. Man teilte Klatsch, Intimitäten oder Tipps, die zu kleinen, kostbaren Freuden wie etwa dem Hinweis führten, wo und in welchem Hotel Richard Gere gerade logierte, der manchmal nachts, wenn er nach einem langen Flug keine Ruhe fand, durch das Hotel geisterte und, sofern er ein Klavier fand, ein kleines Konzert für die Putzfrauen gab.

ALS BRODERICK noch einen Plattenspieler besaß, erklärte Ewa einmal an einem Abend im Juni die Welt. Auf einem Rasenstück neben dem Haus drehte die Sprinkleranlage durch, sie verwandelte die Auffahrt in einen kleinen See, und Ewa erläuterte beim Zusammenrühren von vier Saucen zu einer die Suche der Physiker nach einer vereinheitlichten Theorie der vier Naturkräfte. Broderick hauchte einen Schokoladekeks an.

»Weißt du, was Leptonen sind?«, fragte Ewa.

»Magere Menschen«, sagte Carl.

»Quarks, Junge.«

Anhand eines Tellers Spaghetti beschrieb sie die Idee nichteuklidischer Geometrien. Symmetrie in drei Dimensionen sei Schönheit für Idioten, die Geometrie der Kristallformen die Vollendung der Primitivität – der Unfähigkeit des Frühmenschen, diffizile Strukturen auf Knochen und Steine zu zeichnen. Wenn die Welt in ihrem Innersten wahnsinnig ist, wovon ich überzeugt bin, sagte Ewa, dann ist die Klarheit der Kristalle ein verhängnisvoller Irrtum, dann gab es Joghurt mit Minze, und Broderick schien es, als sehe er etwas wie einen kleinen Flaschengeist aus kaltem Nebel vor sich, wie er manchmal aus einer frisch geöffneten Bierflasche raucht.

Seine bezaubernde Putzfrau erschien ihm nun göttinnengleich, indem sie letztlich dem gesamten Kosmos auf rätselhafte Weise Ordnung zufügte. Mit dem immensesten aller Staubsauger sammelte sie die über das All verstreute Dunkle Materie, wobei die gesäuberten Strömungen, die der Sauger ausstieß, Kaskaden von neuem, vor

Werden wallendem Chaos erzeugten, eine Lockenpracht des Nichts. Dazu kam, dass Ewa nicht gern Staub wischte, womit sich Carl als auch Broderick längst abgefunden hatten, und nun andererseits ganze Galaxien unbeschadet fortexistieren konnten – nur weil Ewa als kleines Mädchen irgendwann einmal, statt ihr Zimmer sauber zu machen, ausgewichen war in eine Ehrfurcht vor dieser sachtesten Form von Verunreinigung, dem Staub. Am Fenster ging eine gelbe Katze vorbei und schaute die drei Menschen mit zärtlicher Verachtung an.

Ewa ließ Welt und Weltsichten splittern, Atome instabil werden und zerbrechen in Subteilchen, in denen es schäumte und raste vor immer weiteren Winzigkeiten, die Erde des Menschenmaßstabs zerfiel in Weltkriegen und Welthandelszentrumskriegen, der Zeitfluss zerspritzte in immer perforiertere Unterzeiten, mobilere Modi, gleitende Arbeitszeiten, Snacks statt Mahlzeiten, Spots statt Spielfilmen, Jingles statt Symphonien, und eine flirrende Vernunft schaute hinaus in ein einsames, kaltes Universum, in dem sich Abertrilliarden von Sternen ohne Sinn ins Leere verschwenden. Es gab Bananen mit Kümmel.

Dann ließ sie aus dem Gewimmel nicht nur die Welt, sondern alle Welten neu erstehen, du staunst, sagte sie und bohrte Carl behutsam den kleinen Finger in die Wange. Broderick machte ein Geräusch wie ein Schwimmreifen, dem die Luft entweicht.

Mit der weitergehenden Vernetzung der Geister und Geräte waren auch in der Kosmologie Theorien erschienen, die aus dem Einen ins Viele gingen und den Begriff des Alls radikal wie nie zuvor ausweiteten. Nicht mehr nur ein Universum oder ein paar schlichte Paralleluniversen hatten Bestand, sondern an jedem Punkt verzweigten sich fortwährend alle vorstellbaren und mit Sicherheit auch die unvorstellbaren Möglichkeiten in ein jeweils eigenes Universum. Was sollte die Welt daran hindern, sich in unermesslich verschwenderischer Fülle in die Unendlichkeit zu vergeuden?

Broderick schaute aus dem Fenster so weit es ging; weiter. Auf dem Kies regte sich Blütengewöll. In einem Windschlenker bewegte sich ein Blatt wie eine Handbewegung von jemandem, der Kartentricks beherrscht. Rot glühendes Wolkengefieder kühlte langsam aus in die Anlauffarben von Stahl und die Nacht. Ewa brachte ihm eine Untertasse, auf der zwei weitere Schokoladekekse lagen, und während sie vom Blut der Chaosschlange sprach, das jeden Abend und jeden Morgen das Schiff zu zerstören versucht, in dem die Sonne über den Himmel fährt, und getötet wird und dämmerungsrot verblutet, kostete er von dem Gefühl, wenn jemand etwas für einen tut; die beiden besten Eiswürfel für einen Drink aussucht; mit einem weichen Bleistift etwas bedächtig aufzeichnet und anschaulich macht; die Nadel des Plattenspielers auf ein bestimmtes Stück setzt – *If I give my heart to you, will you handle it with care?*

AN EINEM TAG im Dezember 1987 änderte Carl die Zahl Pi das erste Mal an sieben verschiedenen Stellen tief in den Bereichen hinter dem Komma. Dann spielte er innerhalb der nächsten Stunden seine neue Zahlenversion zurück in die Rechnerparks der Forschungszentren, in denen der Frage nachgegangen wird, wie die Welt in ihrem Innersten beschaffen sei. Er hegte seine Kuckuckseier die nächsten Wochen hindurch, bis der veränderte Wert auch auf alle Sicherungsbänder übergegangen war.

Carl hackte nicht aus Abenteuerlust, auch nicht um zu spionieren, sondern aus demselben Grund, aus dem andere Leute spazieren gehen. Mit dem Computer erlebte er ein stilles Machtgefühl. Der Bildschirm des Rechners hatte den Fernsehbildschirm in ein faszinierendes Gegenteil verwandelt. Fernsehen machte aus Menschen Schwebeteilchen im Meer der Bilder, der Computer brachte die Gewissheit zurück, etwas tun zu können.

Wenn sie Carl dabei Gesellschaft leisteten, entfaltete sich für Broderick die Welt am anderen Ende der Leitungen nur aus dem, was der Freund ihm davon erzählte: von den Technikern, die nach einem Experiment an einem Teilchenbeschleuniger ihre gläserne Kaffeekanne auf einen der heißgelaufenen Ringmagneten an dem kilometerlangen Gerät stellten, um sie warm zu halten; von den Gehirnen in den Kontrollräumen, aus denen immer neue Zubereitungen des Kosmos hochkochten.

»Was macht Pi?«, fragte Broderick.

»Pi zieht Kreise.«

»Was ist ein Kreis?«, fragte Ewa, sie lächelte spöttisch.

»Der Kreis ist ein Nichteck«, sagte Carl.

Physiker benötigen die Zahl Pi mit einer Genauigkeit, die Computern Schwierigkeiten bereitet. Der Speicher jeder Maschine ist begrenzt, die Zahl Pi aber unendlich lang. An einer Stelle weit hinter dem Komma musste die Zahlenschleppe deshalb gekappt werden. Für gewöhnlich war das genau genug; in den Berechnungen der Kosmologen aber wurden ineinander verwobene Gleichungssysteme so oft durchlaufen, dass noch das Allwinzigste sich im Lauf eines solchen Welterneuerungsversuchs unbemerkt und fatal aufsummierte. Schon die geringste Störung an einer Konstante nahm mit jeder weiteren Berechnungsschicht so weit zu, dass das Ergebnis schließlich von tiefen Fehlerfalten durchzogen war.

Eine Version von Pi, die diesen außerordentlichen Anforderungen genügte, wurde mit großem Aufwand eigens berechnet und zugriffsbereit abgelegt. Nachdem Carl das erste Mal auf eine der Stellen stieß, an denen das genaueste Pi des Planeten gespeichert war, spielte er erst ein paar Tage lang damit und freute sich an der geheimnisvollen Vielfalt des Zahlenkörpers. Das Gebilde weckte in ihm ein wunderbares Gegenteil von Leidenschaft. Mathematik ist die Welt ohne Geschichten.

Carl vermeinte, Muster in der Abfolge der Ziffern zu erkennen, gewisse Gruppen, Chiffren mit hochgeschlagenen Mantelkrägen. Beginnend an der 710150sten Stelle beispielsweise gab es eine Folge von sieben Dreien. Zwar spürte er auch, wie naiv das Bedürfnis war, der Zahlenstrom möge sich ihm erkenntlich zeigen. Trotzdem suchte er weiter, ohne eigentlich etwas anderes finden zu wollen als einen Eindruck unerklärlicher Schönheit. Er kleidete die Zahl in immer neue Ideen und Moden und ließ die milliardenlange Reihe als farbige Figur auf dem Bildschirm erscheinen. Der Farbverlauf offenbarte keine Botschaft. Pi schwieg.

Während Carl numerische Räume durchfuhr, bekam Broderick von Ewa beigebracht, die Zahlen von null bis neun zu lesen. Diese mühevolle Offenbarung verband sich für ihn mit der Zahl Pi zu etwas untrennbar Grandiosem. Ewa malte ihm große Ziffern auf Papier, zeigte ihm Ziffern in Zeitungen, auf Uhren, dem Fernseher und schließlich auf Carls Computerbildschirm.

An dem Abend, an dem sie die Welt erklärt hatte, war auch davon die Rede gewesen, dass die Urknalltheorie eine Kindergeschichte sei. Etwas wie die Annahme, die Erde sei eine Scheibe oder das Gesamtgefüge eine Zwiebel aus Kristallsphären.

Die Geschichte vom Urknall verrät mehr über unsere Gegenwart als über das Geheimnis der Welt, sagte Ewa, sie erzählt von unserem Wunsch, alles möge demselben Gesetz folgen müssen wie wir: einem Leben; einem Anfang, Werden, Gewesensein.

Alle Welttheorien, die heute Gültigkeit haben, enden vor einer Frage: Was hat es mit der allerersten winzigen Störung auf sich, aus der sich die kosmische Vielfalt entwickelt hat? Hätte der Urknall sich an die Theorie gehalten, er wäre kurz auseinander gestrahlt in exakt so viele Teilchen und Gegenteilchen, dass sie einander restlos wieder ausgelöscht hätten – Idiotensymmetrie. Es muss aber einen Bruch in der Symmetrie gegeben haben, der dazu führte, dass ein kleines bisschen Materie das initiale Inferno überstanden hat – alles, was wir heute um uns und in den Tiefen des Firmaments sehen und ahnen.

Wenn es einen Auslöser gegeben hätte, sagte Ewa, könnte diese Urgewalt nur begonnen haben mit ihrem vollkommenen Gegenteil, dem Allwinzigsten, der zartesten Berührung von allen, der Liebe. Aber ich glaube nicht daran, sagte sie und hielt Broderick einen Kuss hin.

ETWA ZWEI JAHRE SPÄTER ging Broderick an einem Märznachmittag mit Carl an die Bay. Carl fantasierte. Er malte sich aus, Archäologen in zehntausenden Jahren würden die Überreste eines Teilchenbeschleunigers ausgraben, dazu in der Umgebung zufällig leere Filmdöschen, in denen sich Drogenspuren nachweisen ließen. Man würde Rückschlüsse ziehen, dass die mit den Dosen korrespondierende Tätigkeit des Fotografierens Teil einer kultischen Handlung gewesen sei und mit Hilfe der Artefakte eine Hypothese vom Leben in unserer Zeit als einer Gemeinschaft begründen, die in sonntäglichen Prozessionen jenes monumentale, ringförmige Stahlbauwerk umkreiste und dabei rituell fotografierte und sich mit Haschisch berauschte.

Broderick wusste, dass Kunststoff zum Leitfossil der

Zeit um die zweite Jahrtausendwende werden würde, es gab so unfassbar viel davon.

Asseln, Carl sagte es versonnen, nachdem er einen flachen, lichtgrünen Stein umgedreht hatte, Asseln haben zweihundert Millionen Jahre überlebt. Hätte man damals hundert Dollar auf drei Prozent verzinst angelegt, wäre man heute die reichste Assel der Welt.

Und als sie wieder zurück auf dem Schrottplatz waren, sagte Carl: Realität ist eine Folge von Budgets.

Er legte seinen Löffel auf eine Tasse heißen Tees, Hitze tastete flüchtig über das Chrom der Löffelwölbung und wehte Dunstflecken darauf. Dann erklärte er Broderick, wie sie Pi zu Geld machen konnten.

Carl war zu dieser Zeit als Steuerberater ohne Erfolg und versuchte sich mit Jobs über Wasser zu halten. Er hütete für Geld die Haustiere der Umgebung. Der Besitzer zweier Siamkater wies ihn an, in seiner Wohnung unter allen Umständen den Anrufentgegennehmer laut aufgedreht zu lassen, damit er täglich zu seinen Pflanzen sprechen konnte. Dem Graupapagei einer Dame brachte er, während sie ihren Urlaub in Florida genoss, die Geräusche der Türklingel und des Telefons bei, worauf sie nach ihrer Rückkehr eine neue Türklingel installieren ließ, ein anderes Telefon kaufte, um nicht verrückt zu werden, und bei den Nachbarn gegen ihn Stimmung machte.

Von Ewa wusste Carl, dass die physikalische Großforschung in eine Krise steuerte. Erst hatten die Experimentatoren unerwartete Teilchensplitter entdeckt und die

Theoretiker sie in hübsche Hypothesen gehüllt. Dann begannen die Theoretiker, die Existenz von Teilchen zu fordern, und die Experimentatoren stießen auf einen ganzen Quantenzoo. Nun war es wie mit theoretischen Fischen, von denen Fischtheoretiker behaupteten, es müsse sie geben, während die Angler sich damit abfanden, nie wirklich Fische fangen zu können, sondern höchstens durch mit immensem Aufwand als bewiesen anerkannte Fische den Glauben an eine erfüllte Meerestiefe zu bestärken und ihre gewaltigen Budgets zu rechtfertigen.

Mit jedem weiteren Schritt auf der Verkleinerungsskala der Urgründe wurden die nötigen Detektoren gewaltiger. Längst waren die Geräte, in denen alle Nähe endet, die größten Maschinen der Welt. Ein geplanter Superbeschleuniger, dessen Bau bereits alles an bisher dagewesenen Tunnelkonstruktionen und Kostenhöhen übertraf, geriet nun immer stärker in die Kritik.

Broderick fuhr nach Chicago, wo Ewa und Carl für ihn eine Zusammenkunft mit einem Mann aus dem Direktorium einer Großforschungseinrichtung arrangiert hatten, um ihn zu erpressen. Carl hatte alles aufgeschrieben, auch den geforderten Betrag, eine erhebliche Summe; die Unterlagen sollte Broderick übergeben. Da er nicht lesen konnte, gab es für ihn auch nichts zu verhandeln. Als jemand, der eine Forderung durchsetzen sollte, war er die Idealbesetzung (auch wenn er trotzdem informiert war).

Der Zeitpunkt, zu dem Broderick anreiste, war ebenso sorgsam gewählt. Bald würden die Budgetverhandlungen im Senat beginnen. Wenn ausgerechnet jetzt bekannt wurde, dass die aktuellen Theorien über das Universum seit einer ganzen Weile auf den Nachkommalaunen eines Steuerberaters aus Wisconsin und einer russischen Putzfrau beruhten, würde sich das nicht sehr positiv auswirken.

Der Direktor hielt Broderick für einen Verrückten, kam aber zu dem Treffen in einer Tiki-Bar in einem Einkaufszentrum, um ihm das mitzuteilen. Zu seinem Kommen beigetragen hatten Anspielungen auf sein Privatleben, die Ewa ihrer ersten Mail hinzugefügt und die sie von der Adresse einer fiktiven Person aus verschickt hatte. Erotische Obsessionen waren chic geworden, aber Politiker zogen es nach wie vor vor, sich neben Leistungsträger zu stellen, deren Leidenschaftlichkeit sich in der Gründung einer Familie erschöpfte. Der Direktor dagegen, Ewa hatte das über ihre zuständige Kollegin in Erfahrung gebracht, gab gelegentlich der Neigung nach, Teile der Forschungseinrichtungen in der Art eines Fetischs oder Geilchenbeschleunigers seinem Sexualleben hinzuzufügen.

Bei einem zweiten Treffen am folgenden Tag geschah etwas Ungewöhnliches. Der Direktor hielt ein einzelnes bedrucktes Blatt Papier in der Hand, das den Materialien angehörte, die Broderick ihm übergeben hatte. Während sie miteinander sprachen, hielt er das Blatt erst unschlüssig und dann nach einiger Zeit bereits wie ein Besitzer fest, und Broderick wusste, dass er sich entschieden hatte. Schließlich überschritt der Direktor die noch unsichere

Gewissheit, dass er es hatte, durch kleine, spielerische Bewegungen und fahnenleichte Schwenks ins Souveräne.

Dann fiel ihm das Blatt aus der Hand. Es landete mit einem winzigen, trockenen Geräusch mit der langen Kante auf dem Tisch und blieb, was sie beide veranlasste, den Atem anzuhalten, hochkant stehen. Ein Mann am Nebentisch, der bisher englisch gesprochen hatte, sah auf das stehende Blatt und begann plötzlich französisch zu sprechen, als müsse sich eine neue Sprache an dem versuchen, was da zu sehen war. Der Direktor war besorgt, sie könnten Aufsehen erregen. Er pflückte das Wunder, und er ging auf ihre Bedingungen ein.

Sie würden das Geld bekommen und er würde die Pi-Sache nicht publik werden lassen, sondern sich im Gegenteil darum kümmern, dass alles so blieb wie es war; nicht zuletzt, wie er hinzufügte, um die Wissenschaftlergemeinde nicht der Lächerlichkeit preiszugeben. Es könnte in der Folge etwas wie einen geistigen Gravitationskollaps geben, das forscherische Interesse zurückstürzen aus den unerklärten Tiefen der Welt in die banalen Sphären des Irdischen. Eine solche Veröffentlichung, sagte der Direktor, würde der menschlichen Abenteuerlust schaden.

Als Carl ein paar Jahre später davon erfuhr, dass Anteile an einer Privatbank in Palo Alto zum Verkauf standen, wuchs ein weiterer Plan. Er war dafür, dass sie ihr Geld zusammenlegten und als Miteigner in die Bank einstiegen, so würden sie sich Einblick in die privaten Vermögensverhältnisse leitender Angestellter in der Chipindustrie verschaffen können.

»Wir sollten dafür sorgen«, sagte Carl, »dass die Chips unser Pi automatisch berechnen, wenn die lange Version angefordert wird.«

Ewa war's zufrieden, den Kosmos kompromittiert zu haben, und für Broderick war die Idee von einer gewissen ermüdenden Eitelkeit, so schlief sie wieder ein. Es dauerte noch ein paar weitere Jahre, ehe sich abzeichnete, dass ihr Geld in einer absehbaren Zeit zur Neige gehen würde.

»Wir müssen wieder was machen«, sagte Carl.

»Ich erkundige mich«, sagte Ewa.

»Ich mach's«, sagte Broderick.

Aus der Zeit, als er verheiratet war, erinnerte Broderick sich an seine Frau und wie sie bei ihrem Auszug ihr Surfbrett mit einem Möbellift vom Dach nach unten hatte bringen lassen. Während das lange, geschwungene Brett an den Gleitstangen langsam nach unten fuhr, war sie obenauf gestanden, ein Bild des Triumphs und des Untergangs zugleich.

Als sie noch zusammengelebt hatten, war die Wohnung in zwei voneinander fast unabhängige Ebenen geteilt, nicht architektonisch, sondern bedingt durch ihre unterschiedlichen Körpergrößen. Broderick war beinah zwei Meter groß, seine Frau etwa einen Meter sechzig, und Broderick legte im Vorbeigehen auf den Oberseiten von Schränken und Regalen Sachen ab, von deren Existenz seine Frau nichts ahnte.

Es gab dort auf der Hochebene Nester mit Dosen voller Stahlkleinteile, Steine vom Strand, angestaubte Patronenschachteln, ein Rentiergeweih und ein Geschiebe aus Fotografien und Bildseiten aus Magazinen. Seine Lieblingsmotive waren Bilder von Norwegen und Reklamefotos, auf denen Uhren vorkamen und es immer zehn nach zehn war, weil die Zeiger so ein lächelndes Gesicht bildeten.

Noch lange nachdem Brodericks Frau ausgezogen war und die Putzfrau begonnen hatte, ihre Ordnung einsickern zu lassen, entdeckte Ewa weitere der Plätze, auf die Broderick sich nebenher zurückgezogen hatte. Er gab die Plätze nach und nach auf wie berührte Horste, teils von alleine, teils nachdem Ewa sie entdeckt hatte. Als sie ankündigte, dass die nächste Reise wahrscheinlich nach Norwegen gehen werde, fühlte Broderick ein Glücksempfinden geradewegs in die neu gefundene Richtung strömen, und er merkte, dass diese Plätze, ein solcher Platz, ihm gefehlt hatten.

DAS IN DIE ZÜGEL schießende Düsenfauchen eines startenden Verkehrsflugzeugs und der Andruck, der den Körper in die Sitzpolsterung schob: So machte Physik eigentlich Spaß. Reiseflughöhe, die Maschine legte sich flach auf die Flugbahn.

In Broderick loderten die Schwere Angst und der telekinetische Tragflächenbruch. Die Schwere Angst begann gewöhnlich mit der flüchtigen Überlegung, dass sich zwischen ihm und dem Erdboden viele Fuß Nichts befanden.

Dann begann die Erde zu ziehen, zu rufen, wie manchmal tiefes Wasser. Er fühlte, wie er immer schwerer wurde und demnächst durch den dünnen Blechrumpf brechen würde. Langsames Atmen half.

Der telekinetische Tragflächenbruch speiste sich aus Befürchtungen die menschliche Unzulänglichkeit im Allgemeinen und die von Flugzeugbauern im Besonderen betreffend, dies noch gepaart mit der unwahrscheinlichen, nichtsdestoweniger angstscharfen Möglichkeit transpsychischer Kräfte. Die Angst setzte ein mit der Vorstellung, die Tragflächen, von unvollkommenen Menschen montiert, könnten abbrechen, und steigerte sich durch die im Augenblick der Angst unangenehm überzeugende Idee, sie könnten einfach dadurch abbrechen, dass er daran dachte. Gegen diese Angst half, sich vor Spinnen zu fürchten.

Nach einer Zwischenlandung in Berlin beschloss Broderick, nie wieder in ein Flugzeug zu steigen, eher würde er mit Luftschuhen zu Fuß über den Atlantik nach Haus gehen. Während er in einer Snackbar am Flughafen mit einem Deutschen ins Gespräch kam, überwältigte ihn der Wunsch, wieder ein Team zu finden. Toni war dabei. Als sie gingen, schüttete es, und vor dem Flughafen standen die Menschen in Eingängen und unter Vordächern und betrachteten das Naturschauspiel. Der Regen war so heftig, dass über dem Asfalt ein kniehoher Dunst von versprühten Tropfen schwebte. Die unbedeckten Räume waren menschenleer, nur einmal rannte einer durch all das wirre Wimmeln. Broderick hatte eine Freude an dem Regen. Mit dem Regen hörte er sein Leben wieder rauschen. Er freute sich, dass die Leute alle so am Boden hafteten.

In den Tagen darauf lernte er Jannika kennen, eine Freundin von Toni, und das Team war komplett. Sie half ihm mit ihrem Laptop und dem Gefühl aus, ein interessanter Mann zu sein. Toni, der ihn bei sich einquartiert hatte, las ihm vor, und er schrieb für ihn alles Nötige, ohne viel Aufhebens. Broderick heuerte ihn formell an, um ehrenvoll mit etwas Geld Dankbarkeit zeigen zu können. Ein paar Tage später lud Jannika sie in die Oper ein, und er schenkte ihr Ewas Pelzjacke. Broderick hatte sie mitgenommen, da er davon ausgegangen war, er werde mit Ewa und Carl in Norwegen zusammentreffen. Aber in den Mails, die Toni ihm vorlas, war keine Rede davon.

Einmal gingen Broderick und Jannika ins Kino. Als er sie in ihrer Wohnung abholte, hörte er aus einem rückwärtigen Raum, wie ein Mann ihr nachrief. Autos fuhren in den nahen Abend. Von ihren Scheinwerfern schwenkten die langen Schatten der Pfosten am Gehwegrand über das Pflaster wie die Ruder einer Galeere. Ein Pulk Kastanienblätter fuhr bei Rot über einen Zebrastreifen; ein paar wechselten die Richtung, zielstrebig wie Insekten. Blattreste trieben auf einer schmalen Pfütze am Straßenrand.

Eine alte Frau vor ihnen schob einen kleinen Terrier an einer steifen roten Leine vor sich her, wie ein Metallsuchgerät. Im Vorbeigehen schaute Jannika durch die Scheiben in ein Fitnesscenter. Am Ende einer Reihe Gerätschaft ein leerer Kontaktbereich in einem mäßig weichen Schwarz, und am Fenster ein magerer, alter Mann in Denkerpose, die Finger beider Hände geziert an die Schläfen gestützt, nur dass sein Oberkörper ständig vor- und zurückkippte.

»Vielleicht gibts kurz vor Büroschluss einen Sondertarif für Philosophen«, sagte Jannika.

»Weiß nichts Kluges«, sagte Broderick.

Als sie aus dem Kino kamen, phosphoreszierte ihre Fantasie, ihr gegenüber wenig später der Bildschirm von Jannikas Rechner. Sie waren kinoglücklich, mit allen Menschen verbunden, nur nicht den Bösen, und genossen das Gefühl von Größe, das ihnen der Film zurückgegeben hatte.

»Ist es nicht wunderbar«, fragte Jannika, »Heimweh zu haben nach einem Ort, an dem man nie war?«

Broderick erzählte von der Zeit, als erwachsene Männer vor ihren Computerbildschirmen saßen, sich wieder und wieder den Trailer der neuen Star Wars-Episode ansahen und weinten. Jannika zündete sich eine Zigarette an und betrachtete den Widerschein der Feuerzeugflamme auf dem Bildschirm, einen sandmatten, zitternden Glutklecks. Ab und zu, als hätte sie auch was zu melden, ging von einem Windschub die Balkontür auf. Es schien eine weitere Art der Verführung. Broderick dachte an ein Buch, aus dem Toni ihm vorgelesen hatte. Ein weltfremder Bücherwurm sieht darin die Wollust in sich erwachen und wendet sich erregt seiner Haushälterin zu, stets trägt sie starr gestärkte Röcke, und *er brach ihre Röcke und nahm sie*.

Am Tag zuvor war Broderick in einer ansteigenden Unruhe zu Tonis Wohnung gekommen. Die Wirkung des Tranquilizers, mit dem er sich für den Weiterflug tauglich zu machen versuchte, begann sich zu verlieren. Er nahm jeweils morgens und abends eine der Kapseln, die Nachangst nach dem Ozeanüberflug war bereits bis weit an den Horizont hinausgetrieben, Neufurcht dahinter eingedeicht, und dann hörte Toni ihn nicht, als er sich auf der Straße bemerkbar zu machen versuchte, um eingelassen zu werden, und die Schachtel mit den Pillen stand unten im Keller auf dem Tisch.

Nach einer ziemlichen Weile bekam er endlich doch noch den Schlüssel durch die Luke hochgereicht und schluckte sofort eine Kapsel trocken; sie blieb ihm als spitzer Druck im Hals stecken, bis er schließlich einen Schluck Wasser nachtrank.

Die Unruhe wich von ihm, als hätte er einen bleiernen Mantel abgelegt. An Jannika, die zu Besuch war, spürte er, dass von dem Sturz ins Entspannte etwas überschäumte und sie gleichermaßen erfasste. Ihre Blicke trafen sich immer öfter, immer länger, ein milder Wind wehte alle Regeln, die er hätte einhalten können, aus ihm fort, und er sah, dass Jannika das sehen konnte und Lust bekam auf Regellosigkeit, in klaren Hingabewillen gefasst.

Die folgenden Tage schlief er bei ihr, einmal kam der Mann, dessen Stimme er bereits gehört hatte; dann war Broderick bereit, weiterzufliegen und seinen Job zu machen.

Auf dem Weg zum Flughafen hielt er an einem Imbiss.

Auf einer schwarzen Tafel unter einem Verkehrszeichen wechselten rot leuchtende Anzeigen, in denen er Ziffern erkennen konnte. Auf der Tischplatte war ein Rest Senf angetrocknet, und als der Inhaber das Besteck brachte, legte er es auf den Senffleck. Mit einem stumpfen Knall platzte die Haut der Wurst unter Brodericks erstem Biss. Auf dem Kartoffelsalat lag mattrosa Paprikapulver. Ihm war kalt, das Essen schmeckte gut. In den Fenstern leerer Läden hingen knittrige Plakate.

Unter dem Spätnachmittagslicht hatte der Fluss sich spiegelnd zu einem weiteren Himmel geöffnet, der in die Tiefe reichte. Eine dunkel gekleidete Frau stand auf der Brücke und las, das Blatt auf den Handlauf des schmiedeeisernen Geländers gebreitet, eine Zeitung. Broderick spürte die richtige Entfernung, in der er sich für eine Weile ebenfalls an das Geländer stellen konnte, ohne dass einer von beiden gestört worden wäre durch eine Einstrahlung von zu viel Nähe. Rund um ein Boot wurde das dunkle Wasser hell, in den Rippen der Bugwellen spiegelte sich der Himmel. Gemächlich kreuzten einander dort zwei Kondensstrahlen.

VON OSLO AUS war es noch eine weitere halbe Flugstunde bis in die Stadt, die den Kongress der Kosmologen und Forschungsmanager beherbergte. Sie trafen jedes Jahr an einem anderen Ort der Erde zusammen. Broderick bat den Forschungsleiter, den Ewa aus der Ferne ins Visier genommen hatte, zu einem vertraulichen Gespräch und händigte ihm die Unterlagen aus. Noch am selben Abend wurde er verhaftet.

In der Untersuchungshaft teilte er die Zelle mit einem Arzt, der eine narkotisierte Patientin vergewaltigt hatte, und einem kurdischen Heroinmittelständler, dem der Kriegsverlauf im Irak unverhoffte Sympathien zutrug. Broderick lernte, wie man aus Konservendosen, Salatöl und Papiertaschentüchern eine Kochstelle baut. Er lernte, mit dem Löffel am Heizungsrohr in die Nachbarzellen zu morsen, und eine Sozialarbeiterin brachte ihm Lesen und Schreiben bei.

In der Zelle gab es ein Geräusch, das Broderick erst nicht zuzuordnen wusste: ein jähes, metallisches Zucken. Zuerst dachte er, dass sich der Blechboden ihrer Kochbüchse aufwölbte, wenn kochendes Wasser abgegossen wurde und später in den konkaven Zustand zurückschnappte. Tatsächlich war es die Feder einer alten Wanduhr. Sie musste einmal die Woche aufgezogen werden, Broderick erledigte das jeden Freitag mit einem kleinen Flügelschlüssel: das Uhrglas aufzuklappen, den Schlüssel auf den Bolzen zu stecken und sich zu freuen, dass keiner der beiden Zeiger das Schlüsselloch verdeckte. In den Monaten der Haft passierte es kein einziges Mal, dass die Zeiger direkt vor dem Bolzenloch standen, wenn er die Uhr aufziehen wollte. Das war das Glück.

Seine Lehrerin hatte ihm etwas auf einen karierten Zettel geschrieben, und Broderick las es wieder und wieder,

Tage, Wochen. *Du kannst dich der Welt erst richtig erfreuen, wenn die Flüsse selbst durch deine Adern fließen, du in den Himmel gekleidet und gekrönt bist mit den Sternen.*

Mit einem Klimmzug konnte er aus dem Fenster sehen. Die Häuser in der Entfernung lagen meist hinter lichtem Dunst, wie Zigarettenrauch in einem großen Raum, der sich gleichmäßig verteilt hatte, und nun war es ruhig, die Party zu Ende. Sonnenlicht streifte durch die Bäume. Als der Wind einmal eine der großen Wolkenbänke hoch oben vor der Sonne wegschob, glühte der Rand einer Möwe auf, ihr Körper ein Schattenriss in rußweichem Schwarz.

Es war nun, als seien die leuchtenden Heldentaten des Geistes, in denen der Mensch sich vor Augen führt, wie er über sich selbst hinauszugehen vermag, einer inneren Jahreszeitlichkeit unterworfen, und wo gerade noch in unübertrefflich herbstlichem Aufleuchten die Ernte an Erstaunlichkeiten eingefahren worden war, fiel am nächsten Tag Schnee, kalt und weiß wie seit je, und man wartete wieder auf die ersten Anzeichen kommender Sommer des Staunens.

NACH EINEM LANGEN SOMMER

DIE LUFT war still, dennoch war es, als habe ein Sturm begonnen: Das Licht rauschte auf, eine Schnelligkeit kam in die Helligkeit. Dann begannen Papierstücke und Laub sich vom Gehsteig zu erheben wie Rochen vom Meeresboden und trieben träge über den Asfalt. Es frischte auf, aber kein Anzeichen eines großen Wetters; nur im Licht dieses wilde Wehen. Auf den Unterseiten der Wolken lag Quecksilberglanz, als schaute man aus Wassertiefen hoch auf eine Meeresoberfläche. Die verbliebenen, lichten Blattmassen der Bäume bewegten sich konvulsivisch im Wind. Riesige, aufwärts fliehende Quallen. Darunter ging ich.

Zu Mittag war ich aus Frankfurt, wo ich mit meinem derzeitigen Auftraggeber gesprochen hatte, zurück nach Berlin geflogen. Ich soll für einen Dokumentarfilm einen Hamster freistellen; ich werde es jedenfalls versuchen. Für den Flug hatte ich mich mit der Mutter meines Sohns verabredet, sie war eine der Stewardessen. Es war ein unruhiger Flug gewesen, und als das Taxi vor ihrer Wohnung hielt, sprach ich sie darauf an, da die kleine Unruhe, die entstand, als ich irrtümlich versuchte, die Uhrzeit zu bezahlen, die auf einer rot leuchtenden Armatur neben dem Lenkrad angezeigt war, mich wieder daran erinnerte. Seit ein paar Wochen spüre ich manchmal einen Druck wie von Wachstumsschüben in den Augäpfeln, dann fällt mir schwer zu sehen, was zu sehen ist. Sie lachte und vertraute mir an, es sei in Wirklichkeit ruhiges Flugwetter gewesen. Die Crew hatte bereits einen Transatlantikflug hinter sich, und der Pilot hatte ihnen auf dem letzten kurzen Hop die Mühe erspart, den Getränkecontainer durchzuschieben, indem er die Maschine absichtlich holprig steuerte und den Passagieren mitteilte, der Bordservice müsse leider ausfallen, man durchquere Turbulenzzellen.

Unsere einstige Liebe hat sich in eine respektvolle Gegnerschaft verwandelt, die der Junge nun als Geheimnis erkannte. An diesem Tag bemerkte ich, dass die Kinderzeit meines Sohns zu Ende ging und die Jugend begann, und während die Mutter durch den Türspalt in ihrem gemütlich gelb ausgeleuchteten Zimmer vom Fernseher aus durchgab, dass Brecht unter vorzeitigem Samenerguss gelitten habe, erzählte ich dem Kind ein letztes Mal ein Märchen: die Geschichte vom Licht in der Stadt.

ZU EINER ZEIT, als niemand mehr staunte, liebten einander eine Frau und ein Mann in der Stadt und konnten es aber nicht sehen. Der Mann war arm. Im Sommer, wenn es zu heiß war, betrachtete er bläuliche Fotos um sich abzukühlen, und weil es nichts kostete.

An einem Tag im Winter erzählte die Frau ihm, als er sie besuchte, ein Märchen: Manchmal versucht die Finsternis, in die Stadt zu gelangen. Immer dann wächst an einer verborgenen Stelle im Tiergarten eine besondere Pflanze, nahe am Wasser und nur eine einzige. Wer die Pflanze findet und mit Wasser und einem hellen Spruch mischt, hat das Mittel gegen die Finsternis. Die Mischung muss gemacht und gebracht werden. War die Finsternis auf dem Weg, hörte eine der Laternen auf den Kandelabern am Straßenrand des Großen Sterns auf zu leuchten. Dies war der richtige Ort und der Abend die richtige Zeit. War alles gemacht und gebracht, floh die Finsternis, und wundervolles Leuchten kehrte zurück in die Lichter der Stadt.

Nachdem sie die Geschichte zu Ende erzählt hatte, schüttelte die Frau den Kopf und lachte, sie glaubte nicht an Märchen. Dann nahm sie vor einem Bildschirm Platz, das silbrige Licht legte sich schneeleicht auf ihr Gesicht. Die Frau lebte im Osten der Stadt, seit jeher; der Mann ging wieder nach dem Westen hin zu seiner Bleibe. Er sah metallischen Glanz auf hohen Glasfassaden, und ein Frosthauch wehte aus dem Licht der S-Bahn-Fenster, während sie durch den Abend und dessen Dunkelheiten fuhren.

In dieser Nacht erwachte der Mann, es hatte geschneit. Eine Weite war über der Stadt ausgebreitet, aber es fehlte der Schimmer, zu dem sich Schnee, Nacht und Licht sonst vereinen. Die Finsternis war auf dem Weg. In der Morgendämmerung, die sich matt zu Tag brachte, machte der Mann sich auf die Suche nach der magischen Pflanze. Er ging von den Straßen mit Jagdnamen aus in das kahle

Gehölz und lief an Kanälen und Seen entlang durch den Schnee, der nicht glitzerte. An der stillsten Stelle des Parks fand er einen Baum, um dessen Stamm der Schnee getaut war, als sei die Erde erwärmt von Tieren. Der Mann sah, dass an der Nordseite des Baums das dünne, schwarze Eis eines verborgenen Ufers freilag, so fand er die Pflanze.

Als die Frau ihn besuchte, schlief der Mann. Auf seinem Tisch lag ein Zettel mit einem hellen Spruch und einem Becher voll Wasser und Zweigbruch, die Frau goss es fort. Der Mann erwachte, und als er den leeren Becher sah und erschrak, begann es erneut zu schneien. Die Frau fand ein letztes Stück der Pflanze, das auf den Boden gefallen war. Es war das Gegenteil einer Gabelung: zwei Zweige, die zu einem einzigen Zweig zusammenführen. Mit dem Abend gingen sie damit auf den Großen Stern.

Unter der Stadt fing die fortgegossene Pflanze sich in einer Nische, die aus der Wand eines Abwassertunnels gebrochen war. Eine weiße Ratte fraß sie und lief dann weiter durchs Dunkel bis vor ein kleines Loch, hinter dem die Hauptstromleitung verlief. Ehe sie ihre Zähne in den Isoliermantel schlagen konnte, ging sie zugrunde. An jedem anderen Ort als dem Großen Stern und der einen Laterne war die Pflanze schieres Gift.

Unter der erloschenen Laterne auf dem Großen Stern sahen der Mann und die Frau ein fliegendes Wesen, erst nahm es das Zweigstück aus der Hand des Manns, dann ließ es sich auf der Haube der Laterne nieder. Sein Pelz fing an zu schimmern, staubleicht und golden, dann flammte die Laterne wieder auf, schließlich strahlten die Lichter der Stadt in nie gesehenem Glanz. In dem erfrischten Licht begann auch die Liebe zu leuchten, und weit in der Ferne rollte die Finsternis sich ein zu einem tiefen Schlaf.

DER JUNGE träumte. Auch ich wollte an eine Stelle, an der ich einen Traum sehen konnte, ich hatte ihn auf einem Spaziergang vor ein paar Tagen entdeckt. So ging ich.

Das Tageslicht hatte etwas Unterseeisches, als sei das Blau einer Ferne nahe gekommen, etwas von dem blauvioletten Behagen der Leuchtstäbe, die Aquarien in dunklen Räumen beleuchten, von der blauen Herrlichkeit elektrischer Globen. Am Himmel über der Stadt war ein weites, wolkenrauchendes Loch aufgerissen. Auf einer Parkbank saßen, voneinander abgewandt, zwei Obdachlose und sprachen in ihre Mobiltelefone. Eine Japanerin blieb neben ihnen stehen und schaute mit geöffnetem Mund in das glasscharfe Sonnenlicht, ihre Zähne glänzten. Sie fragte einen der Männer, ob sie sein Telefon für einen Anruf leihen könne – keiner erreichbar –, gab ihm eine Münze und ging weiter. Aus der sonnenbeleuchteten Miene des Manns verlor das Freundliche sich wieder in entspannte Fassungslosigkeit.

Am Ende der Straße sah ich Schürzen von stürzendem Staub an einem zusammenbrechenden Gebäude; als ich näher kam, waren es wogende Helligkeiten auf den Mulden und Wölbungen, die der Wind in die Plastikplane vor der eingerüsteten Fassade eines Hochhauses drückte. Neben dem Gerüst begegnete ich meinem Briefträger. Ich erklärte ihm, weshalb er am Vortag, nachdem er bei mir geklingelt hatte, durch die Gegensprechanlage von mir zu hören bekommen hatte, dass es sich um ein Ferngespräch handle und ich nicht zu Hause sei. Wenn ich verreise, schalte ich die Gegensprechanlage über meine Telefonanlage auf Anrufweiterleitung. So hatte ich in Frankfurt, während ich gerade einem Produzenten das Problem auseinander setzte, welches die Haare des Hamsters beim Freistellen verursachen würden, meinen Briefträger aus Berlin am Telefon, der sich nicht darüber im Klaren war, dass er mich angerufen hatte. Als ich weiterging, fiel mir die Zeit ein, in der meine Frau und ich noch manchmal, wenn ich unterwegs gewesen war, miteinander telefoniert hatten, nur um miteinander zu schweigen, ein wenig snobistisch vielleicht, aber liebevoll; inzwischen leben wir gleichfalls voneinander getrennt.

Dann kam ich an den Platz, der mich ins Träumen gebracht hatte. Es war der Garten einer Stadtvilla. Hinter den dunkelgrünen, eisernen Zaunspeeren standen Herbstblüten, die ein Echo aufblühender Ideen in mir ausgelöst hatten. Unter einem violett überschäumten Fliederstrauch lag ein Graskissen mit Mojave-Astern. Ich hob meinen Fotoapparat und zog die Pflanzen im Sucher ganz nahe; da sich dadurch auch die geringen Bewegungen meiner Hände mitvergrößerten, kam ein erdbebenhaftes Schwanken auf. Die Blütenblattfransen der Astern waren flammig verweht, auf dem Grund jeder Blüte gelb glühend eine Blütenstaubkuppe und wie von ihr ausgebleicht die weißen Ansätze der Blütenblätter; erst höher zeigte sich immer mehr aquarellhelles Lila. Durch jedes Blütenblatt zogen sich zwei, drei lange, beinah gerade Aderlinien, die sich, kaum noch zu erkennen, immer feiner in das Zellgefüge verästelten.

Daneben wuchsen Kamelien in der Farbe frischen Fleischs. Auf einem Strahlen aus weißen Sprossen saßen winzige Staubgefäßkrönchen, und an dem gezahnten Rand der dunklen Blattlanzen sammelten sich Glanz und Helligkeit. Der Druck in meinen Augen wurde wieder vehement, und ich fotografierte eine Safranblüte, die tieforange Narbe mit dem kostbaren Gewürzhauch und die violetten Krokusblüten. Auf den Blütenblättern entdeckte ich winzige dunkle Flecken, die aussahen, als sei wiederum eine Pflanze darauf abgebildet. Die Augen taten mir weh, und dann war es, als habe jemand mit einem braunen Brett auf die Kameralinse geschlagen. Eine Frau in einem kakaofarbenen Kleid war in den Garten getreten und beobachtete mich. Ich schämte mich, ihre Pracht einer Schicht Bilder enthäutet zu haben.

ALS ICH zu Haus ankam, fühlte ich mich meinem Fotoapparat unterlegen. Ich hatte mir kaum Einzelheiten gemerkt. Dem entgegen glänzten die Bilder mit ihrer Detailfülle; zumal sich durch die Fotos auch noch das Unfotografierbare, das nur ich hätte behalten können, als verloren verdeutlichte.

Ein Ganzes in allen Einzelheiten zu sehen, in seiner Beschaffenheit und seiner Bewegung, gehört zu dem fantastischen Spiel, das ich seit Jahren spiele. Lange schon träume ich davon, Fauna und Flora am Computer nachzuformen. Die Versuche, Grashalme und Hände selbst zu programmieren, habe ich allerdings rasch aufgegeben. Die Fortschritte bei der Entwicklung diesbezüglicher Software verfolge ich seither mit einer Mischung aus Kinderstaunen und Verärgerung darüber, dass mir das Talent dafür nicht zufliegen will.

Bin ich in der Stimmung und sehe ein organisches Gebilde, versuche ich in meiner Vorstellung, es bis in sein innerstes Filigran nachzubilden, seinen Wuchs, sein Wesen und seine Art, sich in die Welt zu fügen. Längst ist mir die Fantasie selbst wichtiger als der Gedanke, sie tatsächlich auszukonstruieren. Dem kurzen Rausch der immer neuen, atemberaubenden Illusionen und Welthaftigkeiten, den ich sehr mag, ziehe ich das fortwährende wunderbare Scheitern meines Traums vor, das mir eine Demut vor der unnachahmlichen Vielfalt der Schöpfung schenkt.

Um zumindest insgeheim weiter an der Avantgarde des Möglichen teilzunehmen, habe ich mich auf die größte Herausforderung unter den Feinheiten spezialisiert: auf Haare. Nichts außer einem menschlichen Gesicht ist schwerer lebendig wiederzugeben als Haar oder Fell. An den Blumen unter dem Schmetterlingsflieder hatte ich deshalb nach Flaum an Blättern, Stängeln und Blütenrändern Ausschau halten wollen, aber der Bildseegang durch die starke Vergrößerung und die Augenschmerzen hatten mich diesmal auf unerwünschte Weise scheitern lassen.

Ich begann den Hamster freizustellen. Zuvor schaltete ich den Fernseher ein, den ich vom Rechner aus sehen kann, und drehte die Farbe aus dem Bild, da sie mich belastete. Ich hatte dreißig Sekunden Film bekommen, auf denen ein Hamster zu sehen war, der vor einer blauen Hohlkehle über eine Bodenschräge lief. Einmal hielt er kurz und schaute in die Kamera, dann wandte er sich in eine andere Richtung. Meine Aufgabe bestand darin, aus jedem der siebenhundertzwanzig Einzelbilder des Films den Hamster herauszulösen und ihm eine neue Umgebung unterzuschieben, die sich auf einem zweiten Film befand: einen Hangstreifen am Ufer eines Wildbachs, in dem das Wasser brodelte und aufschoss. Die Zuschauer sollten in Sorge über das Leben des kleinen Tiers geraten.

Manchmal schaute ich während der Arbeit auf den Fernseher. Musikvideos liefen, ohne Ton. Jemand sang, den ich für Liam Gallagher hielt, obwohl ich gar nicht wusste, wie er aussieht. Ich zappte ein Programm weiter – und da war Liams Bruder, namentlich untertitelt. Ich hatte es gefühlt. Ich hatte wie durch eine Wand wahrgenommen, was im Nachbarprogramm lief.

Mir standen Hilfsmittel zur Verfügung, um die Kontur des Hamsters automatisch einzufangen, und weitere, um die Lassolinie feiner an die Haarfilamente des Pelzes anzuschmiegen. Aber immer noch blieben winzige Gliederungen, Schatten und Inseln, in denen der Hintergrund durchschimmerte und die ich von Hand bezeichnen musste. Da auf der Kinoleinwand jedes Bild bis zu zehntausendfach vergrößert wird, musste ich präzise wie ein Physiker arbeiten, der mit ein paar Atomen an der Spitze einer Wolframnadel einzelne Atome eines Werkstücks verschiebt. Bei Hamsterhaaren nützt einem aber auch ein Elektronenmikroskop nichts.

Für den Job empfohlen hatten mich zwei Animatoren, die für die Dokumentation ein Mädchen mit wehendem Haar in ihren Computern erschaffen hatten, digitale Starfriseure. Etwas Irreales in der Szene machte ihnen zu schaffen. Während ich still bewunderte, was sie taten, wies ich sie darauf hin, dass ihr Netzwerk, in dem das Zusammenspiel von sechzigtausend langen, dunkelblonden Haaren in einer Bö berechnet wurde, aus verschiedenartigen Computern bestand, deren Prozessoren in den Feinheitstiefen der Nachkommastellen unterschiedliche Ergebnisse lieferten. In dem Aufwand für diese fantastische Banalität, wehendes Haar, wurden so viele ineinander verwobene Gleichungssysteme durchlaufen, dass noch die allerwinzigste Differenz zu einem regelrecht haarsträubend falschen Ergebnis führte.

»Zum ersten Mal gibt es reinen Sauerstoff in einer Creme«, sagte der Fernseher, nachdem ich den Ton wieder eingeschaltet hatte. 1918 erfand ein deutscher Wissenschaftler die Katze, dachte ich.

Gegen Abend hatte ich drei Sekunden Hamster am Wildbach geschafft und ließ das Stück ablaufen. Eine Lächerlichkeit. Der Pelz schwirrte und krabbelte. Es sah aus, als stünde der Hamster in einem Windkanal. »In ihm schlagen drei Seelen in seiner Brust«, sagte ein Konzertveranstalter in einer Art Debatte über Michael Jackson. Ich hatte Angst, den Job zu verlieren.

Ich ging in die Küche, in der das Dämmerungsblau bereits körnig wurde, und an dem verwahrlosten Haus gegenüber, groß wie ein Kreuzfahrtschiff, leuchteten einzelne Wohnungen gläsern in einem warmen Licht. Meine Augen fühlten sich an, als würden sie bald explodieren. Ich machte mich auf den Weg zu Jannika, meiner Frau.

DIE SPREE lag grau unter gläsernem Glanz, dem die kommende Kälte anzumerken war. Eine Ratte lief über die Straße. Einen Augenblick spürte ich, dass alles gut war, im nächsten Moment war wieder alles gleichgültig. Der Abend im März fiel mir ein, an dem sie mir gesagt hatte, dass sie nicht mehr mit mir in einer Wohnung leben wollte, und ich geantwortet hatte, dass Liebe die einzige Freiheit ist, die sich gern aufgibt. Ich hatte mich an diesem Tag so in Arbeit verloren, dass ich erst in einer Gerichtsreportage in den Abendnachrichten sah: Es hatte geschneit. Ein Anwalt stand vor den hohen Fenstern auf einem der Flure der Staatsanwaltschaft, und man sah, dass es draußen schneite, am Licht und der Regsamkeit auf der Straße war zu erkennen, dass es um Mittag war. Ich ging zum Fenster, und tatsächlich, es hatte geschneit, und unten auf der Straße ging Jannika fort.

Sie saß in ihrer kleinen Küche und betrachtete eine Anzeigenseite in einem Magazin, auf der eine strenge, frostgraue Küchenzeile abgebildet war. Wie schön, sagte sie, Bulthaup macht jetzt auch Obduktionsräume. Auf dem Bild lag neben der Spüle auf einem grauen Schneidbrett ein Hügel aus einzelnen, fortgeschritten verwesten Fingern oder dunklen Schoten. Wenn man genau hinsah, konnte man daneben einen winzigen, grünen Fleck erkennen, der Salat sein musste, und einen winzigen rotbraunen Fleck, eine große Zwiebel. Jannika stellte in einer Pantomime den Art Director dar, wie er mit bitterer Miene dasaß, das Foto hinter ihm auf dem Tisch, und einer Grafikerin abwinkte, die ihn aufzuheitern versuchte, nachdem sein Vorgesetzter ihn dazu gezwungen hatte, die zauberhafte graue Harmonie mit diesen zwei Farbflecken zu zerstören.

Der Fernseher lief. »Streetball sollte für mich irgendwie sone gemeinschaftliche Kultur sein, wo man zusammen auf der Straße bisschen Spaß verbringt«, sagte jemand.

Jannika war eine aufmerksame Frau. So legte sie eine Zeitschrift nicht einfach auf den Tisch, sondern drehte sie so, dass ich den Umschlag von dem Platz aus lesen konnte, an dem ich gewöhnlich saß. Andererseits legte sie sich ungern fest. Manche ihrer Sätze hatten, wo streng genommen ein Nebensatz begann, eine vieldimensionale Kugel aus Kommata, einen semantischen Seeigel, der für all die verheißungsvollen Möglichkeiten stand, wie der angefangene Satz nun weitergehen konnte, und eine Enttäuschung war ihr anzumerken, wenn dann tatsächlich ein Satz nachfolgte und den fantastischen Schimmer des Vagen zum Verlöschen brachte.

Sie war ein Glückskind, ohne es recht zu begreifen; es war ihr selbstverständlich. Verschüttete sie Wein auf einen beschriebenen Zettel, hatte das Papier zwar eine abenteuerliche Rotweinborte, aber was auf dem Zettel stand, war unbeschädigt zu lesen. So war es mit vielem. Einmal war ihr ein Blatt aus der Hand gefallen, mit einem winzigen, trockenen Geräusch mit der langen Kante auf dem Tisch gelandet und hochkant stehen geblieben.

Ich half ihr, nach Papieren zu suchen, die sie vermisste. Sie ging, obwohl ich das Gesuchte bereits in der Hand hielt, doch noch an den Schreibtisch und schaute unter den Blättern nach, die da lagen, nur um etwas zum Abschluss zu bringen. Dann wollte sie duschen und instruierte mich, was ich sagen solle, sofern jemand für sie anrief. Ich schaltete ihr, damit sie nicht ganz gerätelos unter der Dusche stehen musste, das wasserdichte Radio ein, das an einer Kordel von einem Drahtkorb hing.

Während sie im Bad war, fand ich neben dem Laptop, den ich ihr überlassen hatte, einen mit sorgfältiger Hand beschriebenen Zettel, auf dem sonderbare sexuelle Vorlieben ausgeführt waren. Als im Fernsehen von einem Selbstmordanschlag in Israel berichtet wurde, loderte ein Zorn aus meinem Bauch in den Brustkorb hoch wie in einen offenen Kamin. Ich überlegte, Jannika von dem Anschlag zu berichten, sah dann aber, wie um sie zu schonen, davon ab. Sie kam, einen orangen Handtuchturban auf dem Kopf und Seidenschimmer auf der Haut, wieder in das Zimmer, und ich sprach sie auf die graue Nerzjacke an, die an einem Kleiderbügel am Griff der Schlafzimmertür hing.

Es war ein Erbstück ihrer Großmutter, deren Mann im Ersten Weltkrieg in der Herzegowina gefallen war. Sie hatte unter schwierigsten Umständen vier Kinder großgezogen, das jüngste davon ihre Mutter, und in den späten vierziger Jahren einen bulgarischen Susaphonisten kennen gelernt und mit ihm eine sternenfunkelnde Romanze verlebt, ehe er mit dem schrankkoffergroßen Susaphonbehältnis – das Susaphon ist ein so großes Blasinstrument, dass man sich in seinem Inneren aufhält, während man es spielt – eines Tages verschwunden war und ihr aber den Nerz dagelassen hatte.

Im Wohnzimmer war der Schatten einer leeren Vase hinter das Sideboard gerutscht wie ein dunkles Deckchen. In der Neige unserer Gläser und auf dem Ölglanz eines Tellers sammelte sich das Licht. Uwe Ochsenknecht, der als Gast in einer Talkshow eingeladen war, versprach sich und sagte »Kassa Hausbar« statt »Kaspar Hauser«.

Vielleicht ist das, was uns Schwierigkeiten macht, meine Vorstellung von dem, was einfach ist, sagte ich zu meiner Frau.

Vielleicht gibt es nur zwei Arten, wie Männer und Frauen wirklich miteinander umgehen können, sagte sie, Verführung und Abschied.

AUF DEM NACHHAUSEWEG sah ich so viel, und nichts blieb mir. Ist es das Heute? Was man alles sieht in der Hoffnung, es nicht zu vergessen, und dann vergisst man es doch, ist zu müde, es nochmal hervorzudenken. Wenn man es wach gesehen hat, hat es den Augenblick immerhin über das lautlose Langstreifen einer Gegenwärtigkeit erhoben.

Eine der Blumen in der Vase auf dem Tisch in meinem Wohnzimmer hatte sich im Lauf des Abends über eine Schale mit Obst daneben geneigt. Es sah aus, als wolle die Blüte daran riechen. Ich legte Musik ein, marokkanischen HipHop. Der Player schloss die Lade, bedachte sich und erkannte dann mit einem sachten Ton die CD. Auf der Anzeige erschien blassblau leuchtend eine 1 für das erste startbereite Stück. Musik von CD zu starten hat immer etwas von einem Triebwerkstest, was Großes und zugleich etwas Verschwindendes. Nur noch ein ausreichender Anschein ist von Bedeutung. Und Musik von CD zu hören hat immer auch etwas vom Unbehagen des Flugpassagiers, der nichts sieht als die geschlossene Cockpittür. Berührende Turbulenzen.

Elektrischer Strom trieb die Maschinen gegen die Nacht, meine Maschinen. Mit einem feinen, peitschenden Ziep wachte der Fernseher auf, knisterte, dann hellte sich die Bildröhre zu einer Sendung auf. »Dieses Leben ist so voller Leere«, sagte ein immens dicker Marlon Brando fast schwärmerisch in einer Wiederholung von Larry King Live. Ich sah fern und spürte eine kleine, freudlose Erfüllung. Alles war da. Ich hatte Heimweh nach einem satten, kleinen Hier und Heute, das matt geworden war unter diesem wunderbaren Gefühl, überall und immer da zu sein. Ich traf unaussprechliche Entscheidungen und stellte die Zuordnung der Programme auf den Knöpfen der Fernbedienung um.

Ich musste grinsen, weil jemand einen Witz gerissen hatte, fand es aber trotzdem nicht komisch und war genervt von dem Klamauk, der an mir zerrte, hechtete von einem Programm ins nächste, nach ein paar Sekunden war alles vorbei. Fünfzig Programme gequert wie einen Fluss über Eisschollen. Manchmal war mir, als flösse etwas vom blauen Strahlen des Fernsehens durch meine Adern, die Wärme des Bluts nur noch Kulisse, hinter der sich ein eisiges Wissen auf seinen Auftritt in der Show vorbereitete.

Eine Frau drehte sich um, ging tanzend davon und schüttelte den Kopf mit dem langen, sorgsam unfrisierten Haar, einem losen Pferdeschwanz, der wie ein riesiges Spermium den Blickkanal hochschlängelte. Auf der Pupille eines bildfüllenden Auges spiegelte sich dunkel ein Haus, darüber flohen Wolken. Ein Glyzerinozean brandete zäh an schrundigen, schwarzen Fels: Zeitlupe. Obwohl ich den Spot noch nie gesehen hatte, wusste ich sofort: Autowerbung.

Auf einem Taschenrechner, den ich am Nachmittag während der Arbeit mit der Fernbedienung verwechselt hatte, waren noch meine Umschaltversuche protokolliert – 7355555. Ich legte mich aufs Sofa und genoss das Schimmern der Nacht, das wie eigens für mich zum Fenster gebracht schien, und ließ mich absinken in den Kern der Erde und das Fernsehen über mich hinwegbrausen wie einen zarten Sturm. Dann begann ein alter Bond-Film. Ich habe die Filme alle auf Video, aber ich sehe sie mir immer nur an, wenn sie gerade im Fernsehen laufen.

ICH HATTE von King Kong geträumt, ich glaube, es war nicht das erste Mal gewesen. Es gibt Orte in Träumen, die man noch nie gesehen hat und an denen man zu Hause ist. Erst hatte ich Kong vor dem Fenster gesehen, übrigens zu ebener Erde. Ich wollte mich davonstehlen, es war sofort äußerst beunruhigend, dass er mich suchte und sehr wahrscheinlich finden würde. An einer langen, mehrspurigen Straße durch einen großen Park bemerkte er mich hinter den Bäumen, und während ich auf ein großes, graues Einkaufszentrum zueilte, hörte ich Kong denken, ruhig, entschlossen und melancholisch von der Ausweglosigkeit, mit der er mich erreichen würde, es gab nichts anderes. Meine Hoffnung war, der Eingang des Gebäudes könne zu klein für Kong sein. Dann wurde mir klar, dass er gerade so groß wie ein Mensch war und gleich da sein würde. Das eigentlich Furchtbare aber war die Langsamkeit. Als hätte sich das Schwere und Riesenhafte von King Kong in die Luft und das Leben verteilt. Als ich versuchte zu laufen, war es, wie wenn man unter Wasser zu laufen versucht, oder wie durch ein Schwimmbecken voller Honig. Meine Augen, die einer anderen Geschwindigkeit zugehörten, blieben zurück.

Nach dem Rasieren warf ich die leere Rasierwasserflasche weg. Mit einer Flasche Rasierwasser komme ich so lange aus, dass, wenn eine verbraucht ist, eine private Epoche zu Ende geht. Es war das Jahr, in dem Guerlain den Duft von Habit Rouge veränderte. Das traubenzuckerhaft Klare, Transparente und etwas in seinem Inneren, das ich als angenehm leer empfunden hatte, waren aus dem Geruch verschwunden, den ich aus der neuen Flasche roch. Zur großen, verschwenderischen Geste bin ich nicht fähig. Nach dem Rasieren schütte ich Rasierwasser in meine Hand, belasse es aber nicht dabei, die Flüssigkeit auf mein Gesicht zu ohrfeigen, und nehme noch die Reste duftender Feuchtigkeit vom Hals und den Schultern der Flasche auf.

Als ich danach im Internet nach Habit Rouge suchte, erfuhr ich das erste Mal, was dem Duft seit jeher zugeschrieben wurde: Zitrone, Holz und Gewürz – der ganz und geheimnislos von sich erfüllte Geruch aus der neuen Flasche –, und dass in dem Jahr, in dem Guerlain die Mischung geschaffen hatte, am Tag bevor die Beatles die ersten Lieder der LP Help! in der Ed-Sullivan-Show präsentierten, dem 11. September 1965, die 1. Cavalry Division der US Army in Vietnam eingetroffen war und den Krieg in seiner ganzen Gewalt in Marsch setzte. Epoche.

Eine Mißstimmung war mit mir aus dem Schlaf erwacht und ließ den Tag gar nicht erst aufgehen. Das Gefühl zog meinen Blick nach innen, ich konnte nichts mehr sehen. Alles an äußerer Welt war noch da, aber eine Metallschwere lenkte es in die warme, schreckliche Dunkelheit des Fleischs. Als ich in der Küche einen Teebeutel aus einer Pappschachtel nahm, änderte mein Zustand sich in ein Wohlempfinden. Keine Ahnung, weshalb. Gefühle wandeln sich an Wirklichkeitsmolekülen.

An den schwarzen Zweigen einer Weide vor dem Haus hingen Tropfen von einem Regen; ich hatte ihn gehört. Ein Mann, der ein Stück vor dem Baum stand, beugte sich über eines der vergitterten Kellerfenster. Das letzte Grün stand in sich gewandt in der Kälte und ging mit dem Wind. Die Weide rührte mich an in ihrem Herbstsein.

Der Augenarzt sagte mir, ich litte an endokriner Orbitopathie, der Basedow'schen Krankheit, und würde vielleicht erblinden. Ich ging sofort ins Kino und sah eine Dokumentation, in der brasilianische Regenwald-Indianer das erste Mal einen Film vorgeführt bekamen, Aufnahmen aus dem Ruhrgebiet. Eine Machete klang beim Entasten einer Stange, an der die Leinwand befestigt wurde.

»Wie unsere Drogenvisionen.«

»Sehen ohne Gehen.«

Ein Bergmann trug eine Schutzbrille.

»Das sind Metallaugen. Seine eigenen Augen sind verbraucht. Vor Müdigkeit.«

»Aber welche Arbeit, einen Film zu machen. Mit unserem Lianensaft ist es viel einfacher.«

Zu Haus schaltete ich den Fernseher ein und sah Ereignisumrisse. Die Realität endet als Filmgattung. In einer Reportage aus dem ehemaligen Jugoslawien nahm ich das körnige, grünstichige Flimmern der Infrarot-Nachtaufnahmen wahr wie eine Kneipenbekanntschaft, alter Bekannter, die Augen schreckenstaub. Ein Schnitt auf den Mond hinter schweren, grauen Wolken änderte alles. Das fühllose Fernsehbild öffnete sich in einem unerklärlichen Durchstich in den lebenden Körper der Wirklichkeit. Ich wusste nicht, was das Besondere an diesen Bildern gewesen war. Etwas war zu mir hindurchgetaucht in einem dünnen Kanal, die Blasenspur einer Gewehrkugel durch eine Fruchtblase voll Fernsehweltflüssigkeit, und ich war hinausgeboren ins ungeschützt Wirkliche.

Ich hatte vergessen, was ich gefrühstückt hatte, und stellte mich mit dem Gefühl, in einem Lexikon nachzuschlagen, vor den gefüllten Kühlschrank. Ich sah und hörte die Gläser und Flaschen, die taufeuchte Milchpackung, die großen Behälter mit den Käsestücken, den Würsten, die Joghurtbecher, die mit Folie bespannten Teller mit Resten und eine weiße Plastiktüte, durch die Salatgrün schimmert – alles regte sich kurz in seinen Fächern und auf den Glasböden, als der Türgriff gegen die Wand schlug, und all die kleinen Geräusche verbanden sich zu dem Ton eines gefüllten Kühlschranks. Den Ton essen zu können, das wär's.

Es gibt Zeiten, zu denen entfernt die Musik sich aus meinem Alltag ohne mein Zutun. Ich hörte den kunstlosen Alltag, und hinter aller Banalität der Geräusche schimmerte ein unsentimentaler Rhythmus. Was in der Küche klirrte und sott, was auf dem Schreibtisch rückte und was an Stoffen rauschte und an Geschirr klang, ging mir nahe als eine Melodie ohne die Mühe einer Komposition. Aus dieser Art von Musik erhebt sich dann und wann die Eminenz des bildlos Schönen, und manchmal schloss ich dazwischen die Augen in wildem Genuss.

AN DEN AUSLAGEN vorbei, fing sich mein Blick am Glanz der Nylonfäden, an denen Ware in der Schwebe gehalten wurde. Über meine Jacke glitt der Schatten eines Halteverbotsschilds. Ich bleckte die Aufmerksamkeit, unerbittlich freundlich, wie es einer großen Stadt zusteht. Ich war begeistert, ergriffen von jedem Werbeplakat, als gäbe es im Herzen der Stadt einen märchenhaften Supermarkt, in dem mich meine Eltern einst gekauft hatten und nach dem ich mich nun sehnte.

Ein Kaufhaus nahm mich mit seinen gläsernen Flügeltüren aus der Kälte. Schilfgrassträuße lagen neben Hemdenstapeln. Sorgsam gerahmt, als seien die Jahreszeiten vergessen und hier freundlich wieder in Erinnerung gebracht, hing ein Wort an den Wänden: Herbst. Metallhaken von Kleiderbügeln klickten auf Chromstangen. Am Ende des großen Raums transportiert eine Rolltreppe Stufe für Stufe Nichts herauf.

Danach kaufte ich in einem Rahmengeschäft in einer Passage eine Glasplatte. Die Inhaberin stand in ihrer fensterlosen Ladengrotte und erkundigte sich nach dem Wetter draußen. Da sie gewöhnlich kein loses Glas verkaufte, war der Preis unklar.

»Was hast du klein?«, fragte sie.

»Fünf Euro.«

»Gib mal zwei.«

Und in Papier gehüllt, mit Pappecken versehen und einem Griff aus kunstvoll gedrehtem Klebeband nahm ich das Glas und ein Glücksgefühl mit nach draußen.

Ich ging durch die Straßen. Drei Französinnen drehten sich nacheinander, wie Jalousielamellen, bis sie mir den Rücken zuwandten und eine die Kamera hob, um etwas Sehenswürdiges zu fotografieren. Ich hob einen Zettel vom Boden auf. Es war eine Rechnung, darauf war etwas von Hand geschrieben, das sich las wie Am Pobler. Welche Sprache mochte das sein? Dann hieß es doch Anz. Polster, eine Rechnung aus einem Geschäft für Filzwaren und Schaumstoff. Sacht wie Seegras streifte mich die Gegenwart.

Auf dem Mittelstreifen einer großen Straße standen auf Stativen Scheinwerfer, die schwarzen Blechblütenblätter der Richtklappen welk. Zuschauer, die einander manchmal angrinsten, waren verstreut; auf der Straße Radfahrer fahrbereit wie an einer Ampel. Am Rand eines angrenzenden Parks bewegten sich langsam und wie betäubt Mitglieder des Filmteams. Ein schönes, weinrotes Cabrio – Cabrios sind nur schön, wenn sie nicht aussehen wie Autos, denen etwas fehlt – stand in einer Wegmündung. Fünf als Stiefelnutten verkleidete Schauspielerinnen warteten am Straßenrand. Eine Szenenfotografin in Tarnkleidung steckte eine Filmrolle in eine der zahlreichen Taschen ihrer Weste.

Dann versuchte ich –

ALLES STAND DA in seiner unverhüllten Ungeheuerlichkeit und seiner absoluten Übermacht. Der ruhige Lauf des Alltags war verweht. Der Himmel stand offen und klaffte ins Kalte, wie nur an Todestagen. Der Arzt bat Jannika um die Einwilligung zur Organspende. Sie erteilte sie.

In der Intensivstation rauschte ein Ventilator. Ein Gerät atmete. Drei Krankenschwestern kümmerten sich um die Gesundheit des toten Manns. Er sah gesund aus, ein wenig blass. Atem und Herzschlag gingen regelmäßig, nur dass Flüssigkeit in seine Lungen einzudringen begann; die Schwestern drehten den Körper ab und zu, damit sie sich nicht sammelte. Ein weißer Schlauch führte aus dem Mund des Manns zu einem Ballon, der sich plötzlich aufzublähen und heftig zu vibrieren begann. Es sah aus, als schüttle jemand den toten Mann an den Schultern, um ihn wieder ins Leben zurückzuholen. Die Schwestern beobachteten die Monitore neben dem Bett. Nicht mehr der tote Mann war der Patient, sondern seine Organe. Ließ die Kalziumversorgung nach und gefährdete damit den Herzschlag, wurde die fehlende Dosis intravenös verabreicht. Sank der Blutdruck, wurden Medikamente zur Verengung der Blutgefäße gegeben. Kitzelte man den toten Mann an einer Sohle, zuckte sein Fuß.

Es kann mehr als vierundzwanzig Stunden dauern, ehe die Organe eines verstorbenen Spenders geerntet werden. Außerhalb des Körpers hält sich etwa ein Herz, auch wenn es gekühlt wird und in Konservierungsmitteln schwimmt, höchstens sechs Stunden. Die taumelnde Balance muss einen Tag und eine Nacht aufrechterhalten werden. Der Körper muss glauben, er lebt.

In den ersten Minuten nach dem Tod vollzieht sich eine Kaskade körperlicher Veränderungen. Salz akkumuliert und zieht Flüssigkeit in die Zellen. Zucker sammelt sich im Blut. Das Herz füllt sich, wie die Muskeln eines überanstrengten Sportlers, mit Milchsäure. Freie Radikale zirkulieren ungehindert und lassen den Körper gewissermaßen verrosten. Die Zellmembranen werden porös, und die angegriffenen Zellen beginnen sich selbst zu zerstören.

Da ein Körper so schnell zerfällt, gibt es keine Möglichkeit der Organspende von Menschen, die zu Haus sterben, oder im Auto oder einem Rettungswagen, nicht einmal, wenn sie auf dem Operationstisch sterben. Die einzige Situation, die eine Organspende möglich macht, ist der Hirntod: ein im Übrigen gesunder Patient, dessen Gehirnaktivität erloschen ist und dessen Herz weiterschlägt, bis zu dem Moment, in dem es herausgeschnitten wird. Opfer eines Schlaganfalls oder schwerster Kopfverletzungen.

Die Organentnahme dauert etwa vier Stunden. In dem geöffneten Brustkorb liegt das Herz gelb in einer Schale aus roten Muskeln. Es schlägt wie ein kleines Tier, das in einem Sack gefangen ist. Ein Assistent klemmt die großen Adern um das Herz ab und schneidet es heraus. Das Gesicht des toten Mannes wird wächsern gelb. Der Anästhesist des letzten Explantationsteams achtet auf Blutdruck und Atmung des toten Manns, um beides, ist die Arbeit getan, schließlich enden zu lassen. Das Herz, das eine orange Farbe angenommen hat, ist in einer Kühlbox unterwegs zum Flughafen. Der geöffnete Körper wird vernäht und der tote Mann für die Beisetzung vorbereitet.

EIN PAAR MONATE später waren eine Frau und ein Mann in dem Café im Lichthof des Auswärtigen Amts miteinander verabredet. Sie hatten einander lange nicht mehr gesehen. Es war der erste Tag in dem Jahr, an dem man die Erde wieder riechen konnte, ohne dass man sich bücken musste, etwas Frisches und Zartes in dem Geruch: das kommende Grün, und am Ufer der Spree roch das Wasser wieder sonnenbeschienen.

Als der Mann, viel zu früh, in das Café kam, stürzte gerade ein Papierflugzeug auf eine der Sinnpflanzen, die in einem steingefassten Beet eine lange, flache Treppe flankieren, über die es höher in die gewaltige Halle geht; das rundliche Gefieder des getroffenen Blatts zog sich in Augenblicken zu einem grünen Plissee zusammen. Der Mann setzte sich zu einem Kahlköpfigen, der einen grafitschimmernden Anzug trug. Vor ihm lagen Papiere auf dem Tisch, als würden sie gerade für einen Zaubertrick gemischt. Man kam ins Gespräch.

Der Kahlkopf war einer der Redenschreiber des Ministers. Er litt gerade an Schreibhemmung, die er zu beseitigen versuchte, indem er in den kristallgitterhaft kunstlosen Rechtwinkeligkeiten aus Glas, hellem Stein und Lamellenholz, in denen der Hof gehalten war, auf einen dieser Mächtigkeit entsprechenden Gegenschwung an

Buchstabenrundung und Formulierungsgeschmeidigkeit hoffte. Der kleine Junge, der das Papierflugzeug geworfen hatte, kam an den Tisch, und der Beamte zog ein Blatt aus seinen Unterlagen und faltete für ihn daraus ein weiteres, lanzenspitzes Flugzeug, das der Junge diesmal stolz an den Tisch seiner Eltern trug.

Der Mann sagte dem Redenschreiber ein paar Sätze, die Poesie hatten, aber der Zauber ging fehl. Er hatte gehofft, sich damit eine Einladung zu verdienen, da er kein Geld hatte, seinen Kaffee zu bezahlen, und würde nun doch die Frau darum bitten müssen. Sie kam, als die Mimose ihr Blatt gerade wieder entfaltet hatte. Sie begrüßten einander, die Frau ihn mit einer ratlosen Hinwendung, der Mann sie, indem er ihr die ausgestreckten Arme hinhielt, die von dünnen, blutigen Schnitten schraffiert waren. So stolperten sie in einen scheuen Kuss.

An einem Nebentisch ließen sich vier junge Frauen vor Lachen in ihre Stühle zurückkippen. Es sah aus, als öffne sich eine riesige Blüte.

»Jemand, der an Spaß interessiert ist«, sagte die Frau, »auf was für kümmerliche Formen von Schmerz der doch angewiesen ist.«

Seit er in dem Café saß, hatte der Mann den Eindruck gewonnen, dass es nur zwei Arten von Menschen in dem riesigen Bauwerk gab: in ihm Angestellte, die seine schmucklose Größe bereits an sich selbst verwendeten, und neu Hinzugekommene, die wie Kleinkinder vor Erwachsenenweltmaßen standen. Nun zeigte sich das rundweg Unbaubare.

Sie gingen durch die Stadt in Richtung Westen. Der Mann erzählte von seiner neuen Freundin.

»Es geht mir furchtbar«, sagte er, »wir missverstehen einander, wir tun uns weh.«

»Ich beneide dich darum«, sagte die Frau.

Ein alter Mann in einem abgenutzten Anzug kam ihnen am Gehsteig entgegen, und sie waren sofort einverstanden mit ihm. Der war gut. Der Alte machte ihnen eine tiefinnere Freundlichkeit.

»Wenn es wirklich schwer wird, trinke ich nicht«, sagte die Frau. »Keine Drogen, keine Medikamente. Der Verzweiflung möchte ich in ihrer unbarmherzigen Reinheit begegnen, sonst hab ich nicht gelebt.«

Sie passierten das Brandenburger Tor und ein junges Paar mit einem Kinderwagen, das dicke, dunkle Mäntel trug und aussah, als würde es frieren; vielleicht war dort, woher es kam, noch Winter. In dem Gitterkorb zwischen den Rädern des Kinderwagens, den der Mann schob, wankte der Flüssigkeitsspiegel in einer Getränkeflasche. Die Frau, als Mutter noch ungeübt, wandte noch jene Schönheit, die nur ihr allein gehört hatte, nach außen und sah dann aber doch nach dem Kind.

Als die Frau und der Mann auf den Großen Stern kamen, wurden gerade alle Ampeln auf Rot geschaltet. Blaulichter an Polizeimotorrädern blinkten. Eine Ratte lief im ersten Dämmer über den Gehweg. Jemand schrieb seit ein paar Tagen mit gelber Kreide DU auf den Asfalt und an Wände, überall in der Gegend DU. Sie gingen in die Straße, die zur Spree hinaufführt. Als sie auf die Kreuzung vor der Brücke sehen konnten, und dass sie nicht abgesperrt war, sagte der Mann: Die kleine Macht fährt über den Großen Stern. Wenn die große Macht vorbeifährt, wird bis an die Brücke gesperrt.

Die Bäume in der Straße rauschten auf. Entfernt war, eine Spur zu träge, etwas wie das Knattern eines großen Segels zu hören. Wind flackerte spielerisch an einer Kante, es klang wie das Gurren einer Taube. Die Vögel über der Spree waren in abendlichem Aufruhr, ein Bild des Wahnsinns. Mit äußerster Geschwindigkeit stürzten sie durcheinander, blieben aber doch in einem Bereich über dem Wasser. Auf dem Fluss lief feines Wellenrieseln. Später landeten zwei Enten nacheinander am Rand des Rieselns und schoben einen Keil aus Gischt in die glatte Wasserfläche.

In der Wohnung der Frau versuchten sie einen weiteren Kuss. Etwas zwischen ihnen quietschte weich und feucht, wie wenn frische Tulpenstängel aneinander reiben, und sie zögerten und flohen dann wieder auseinander. Der Mann öffnete ein Fenster zur Straße, die Frau kam dazu. Ein Schwarm kleiner Vögel schoss wie von einem Kanonendonner vertrieben aus einem Gebüsch vor dem Haus, schwenkte in die Lüfte, und im nächsten Augenblick stürzte alles wie von Schrot getroffen zu Boden: Es waren die aus dem Herbst übrig gebliebenen Blätter, die eine heftige Bö aus den Sträuchern gehoben hatte. Dann sahen sie, wie in einem Augenblick alles in der Straße, das lose und leicht war, jäh hochstieg und bis über die Dächer taumelte. Ein Sturm begann.

Inhalt